U0945505

嫁个老外

孙建芳 著

在购物中心

在家中书房

在金门大桥

在澳大利亚的黄金海岸

在巴厘岛

在巴厘岛休假

在洛杉矶的环球影城

在科罗拉多大峡谷

在斐济

与儿子在斐济

与大姐在墨尔本

与侄女、二姐、外甥在悉尼

作者一家在美国旧金山

与外甥女在青岛

与好友在墨尔本

与山东散打队总教练曹茂恩在一起

CONTENTS

目　录

初到澳大利亚

1989年的春天，带着绚烂遐思编织的梦幻般憧憬，我含泪告别了生活二十余载的故土，经历了生命中最漫长的两个晨昏，终于到达了南半球的澳大利亚。

如同急速转弯的奔驰列车，我的人生驶入了陌生且未卜的全新旅程。

感谢上帝的垂爱！刚来澳大利亚没几天，我就在一家小工厂找到了一份小时工。既不耽误上学，又能赚不少零用钱，这对于一个怀揣五百美金，只身来澳大利亚读书的穷学生而言，不仅意味着从此有了生活的保障，更增添了一份实现梦想的信念。

记得找到工作的那一天，坐在车站等车回家，十几天异乡奔波的日子里，我首次有了观感和品味的心绪。

慵懒的阳光环绕在周身，我第一次感觉它是那么的温暖；仰望苍穹，第一次发现此时的天空比书中描写的还要清澈、蔚蓝……

别提当时有多开心了！

一路欢歌地回到公寓后，我立刻把这个好消息告诉了小赵。小赵是我的校友，来自广东。为了节省寄宿费，我们没有接受校方的安排，而是合租了一套小公寓。

小赵听说我找到了工作，满脸的羡慕，同时也流露出一些伤

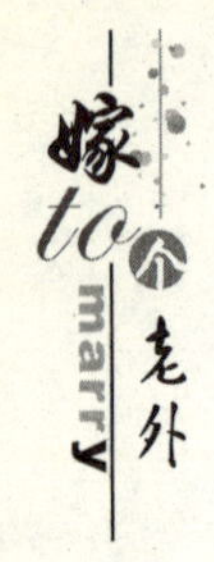

感。她来澳大利亚已有两个多月，鞋子都快磨破了，还是没有任何的机遇肯垂青于她。她不停地夸我命好，还求我找机会和工头说说，能不能也帮她介绍一份工作。

热心的我对这种善行肯定是不遗余力。于是，几天之后的一个下午，我利用喝午茶的机会，想办法找到了工头 Michael，说尽一切好话恳请他帮小赵找工作。Michael 笑着说，他一定记在心里，只要有机会，肯定会帮忙的。

这个个子不高，长着一张菩萨脸，纯朴、善良的澳大利亚人，给我的印象一直非常好。记得我刚到这里上班时，只能利用业余时间做点零工，Michael 得知后便专门为我调整了工时，这样我每天就可以多做两个小时，以赚取更多的学费。为此，我对 Michael 充满了感激。

我相信 Michael 不仅真诚、善良，一定也是个说话算话的人。

果然，没过多久 Michael 就找到我说，有一个包装小家用电器的职位，不知小赵是否愿意来做？

晚上放学回家，见我满脸的喜气，小赵立刻走到门边问我为什么这么开心。本想卖个关子，可是没能按捺住激动的心情，我故作镇静地将 Michael 的话一字不漏地用中英文分别叙述了一遍。

还没等我说完，小赵就激动地狂呼乱叫，把我拥抱得几近窒息！抱着连鞋还没换的我转了两圈后，小赵忽而又松开手，满脸疑惑地问我："到底真的还是假的？"

也难怪小赵如此惊喜和意外，要知道，当时由于大批的学生同时涌入社会，工作非常难找！很多商店和工厂的门口干脆挂着"没有工作"的牌子。也正因为如此，大家相互之间也很防范，找到工作的不愿意告诉他人工作详情，以免被别人以更低的工资为代价

游说老板取而代之。

对小赵而言，我如同救命恩人。她不尽地感激和夸赞，说得我都有些飘飘然了。但我心里清楚，没有 Michael 的倾力相助，一切都无从谈起。

小赵一直不停地重复着，假如没有这份工作，下个学期的学费她都交不上了……

那个年代，我们的生活非常清苦，每个星期的工资总是小心翼翼地支出。

来澳大利亚一年后，我寄了四百美金给父亲，希望家里能够安装一部电话。因为母亲早逝，父亲便成了我精神依托的全部，我渴望听到他的教诲、鼓励和叮咛。那时安装一部电话要两千多人民币，而父亲的工资只有一百多。我不得不省吃俭用，将生活开支压缩到最低，每天步行一个小时至工厂仅为节省两毛钱，最后还向同学借了一百元才凑齐安装电话的费用。

小赵更是个异常节俭的人。当初为凑学费，还欠着巨债的她，每天都背着两个饭盒从家到学校再到工厂。因为没有时间做菜又舍不得花钱买，所以饭盒里大部分是米饭，只有少量的咸菜做副食。

在紧张和忙碌中，我们迎来了第一次学校的假期。于是，我开始留意报纸上的招工广告，想再找份合适的零工，趁着假期多赚点钱。

一天下班时，听一位澳大利亚大姐不停地抱怨马上又要加班，说即使给双倍的工资也不想干。一打听，原来厂里有一笔很急的订单需要加班赶出。

我和小赵喜出望外！小赵建议，我们应该主动找 Michael 要求加班，绝不能错过这个千载难逢的好机会。

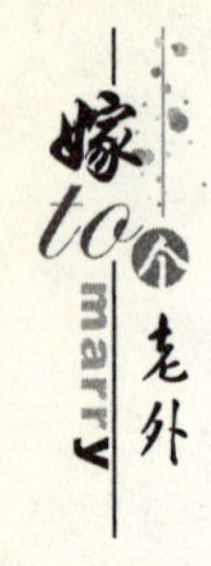

第二天午茶时，看见 Michael 从办公室出来，我和小赵急忙追了上去。Michael 料到我们又有事相求了，幽默地说：“看来，这宝贵的午茶十分钟又要奉献了。”

当小赵把我们的想法告诉 Michael 后，Michael 边摇头边“唉、唉”地叹息，看上去很为难的样子。我和小赵面面相觑，但仍不死心，不停地诉说求学的艰难、学费的昂贵，等等。为了博得 Michael 的同情，小赵甚至将病危的外婆也搬了出来。

最后我们表示，加班期间只要正常工资就行（这里周末或加班是双倍工资，节假日则是三倍。零工的工资更高，所以一般的工厂不愿意零工加班）。

Michael 仍抓耳挠腮，接着摊开双手，一副无能为力的样子（有时这是西方人的一种幽默）。

我和小赵非常沮丧，就在我们垂头丧气地转身离开时，Michael 却突然大笑起来……

在 Michael 的安排下，我们终于如愿以偿，可以做一个月的全职工，还有赚双倍工资的加班。我和小赵快乐得似两只跳跃的小鹿！我们商量，一定要买个大礼送给 Michael。

午餐的时间到了。

小赵迫不及待地拿着两个饭盒去休息室的小烤箱热了一下，坐在我对面，就着几袋小咸菜吃了起来。我开玩笑说，从没见过像她这么能吃的南方人。小赵立刻反驳道，她应该算是北方人，虽然母亲是广东人，但父亲却是山东大汉，还说自己一米七二的高个子就是最好的证明。

这时，Michael 也走了进来，他绕到案板前一边泡咖啡一边和我们闲聊着。忽然，他的视线被小赵的饭盒吸引住了，他甚至好奇地弯腰看了看，好像欲证实眼前所见是否属实一样。随后，他的脸上

泛出一个很夸张的吃惊表情，并且重重地摇了摇头。

第二天午餐的时间，一切俨然重播：小赵还是坐在原来的座位上，Michael 还是一样的吃惊表情和摇头。不仅如此，Michael 还凑近小赵并指着小赵的饭盒说了一句话：

“你们中国人能吃这么多的大米啊？在澳大利亚，估计只有袋鼠才能吃下这么多的大米吧。”

我当时并没有意识到这是 Michael 的玩笑话，对于像我这样一个初到澳大利亚，还无法融入外国文化的人来说，并不能完全读懂外国人的幽默。因此，Michael 的这番话让我误以为他是在取笑我们。我甚至觉得无法相信，一个让我如此尊重的长辈竟说出这种话！那一刻，我前所未有地感觉到民族自尊心受到了侵害，一种痛彻心扉的难过，被“侮辱”的刺痛就像山洪暴发，倾泻而出。

瞬间，愤怒漫过我所有的神经，心在紧缩，血在沸腾。我抬头看着小赵，希望看到与我同样的愤怒表情！然而，我失望了。小赵冲着 Michael 傻笑了一下，低下头继续吃着她的米饭，全然没有和我“联合抗敌”的意思。

我再也控制不住了，宛如一颗上了膛的子弹，一阵怒不可遏的回击，瞬间所有的愤怒得到了宣泄，我像个为了信仰宁愿付出一切的民族英雄，为自己而骄傲并感到胜利般的自豪。我甚至还扭头冲着 Michael 挑衅般地微笑了一下。大不了被炒，此时心里的强大战胜了所有的畏惧。

Michael 急匆匆地朝我走来：“Jian Fang 真是对不起，我感觉你生我的气了。”他的眼神和语气带着明显的慌乱不安，“但这确实是个误会。”

“你把我们中国人比作袋鼠，难道也是误会吗？”我厉声责问道。

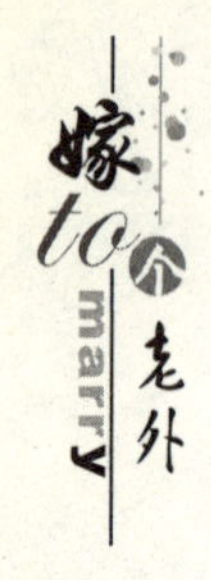

"根本不是那个意思。我只是觉得,只有袋鼠的大口袋才能装得下那么多的米饭。如果我真的因此而伤害了你的感情,我向你道歉!"

出乎我的预料,原以为他会针锋相对、反唇相讥的,甚至依仗手中职权,以解雇要挟威逼我屈服。然而没有,有的只是真诚的致歉,真诚地让我有些不知所措。

我不是那种不依不饶的人,所以我接受了他的道歉并原谅了他……

多年后,在和一位在墨尔本大学当老师的好友聊天时,说起了这件事,他却给了我完全不同的解释。

他说:"其实当时胜利的并不是你。"

"你也太不爱憎分明了吧!如果胜利的不是我,他为什么要向我道歉呢?"

"因为他比你有涵养,即使被你误解,还是向你道歉。不像你小肚鸡肠呗。"朋友微笑地说道。

"为什么说我是小肚鸡肠啊?难道是我的错吗?"

"那当然!你之所以那么敏感是因为你的自卑。因为当时中国还不像现在这么发达,所以他的话很自然地被你误解成取笑,其实并不然。"

“可他明明就是在取笑我们啊!”

“如果你和一个穷人谈论财富,对方却固执地认为,你是在影射他的贫穷。你觉得委屈吗?”

见我不出声,好友继续说道:“如果你和一个头发不多的人谈论护发的重要性,对方认为你是在取笑他。你会觉得如何?即使你根本没有那个意思,完全是作为一个话题在谈,可对方偏要这么想,非要认为你是在骂他呢?”

是啊,我疑惑地自问:当时的自己是否果真失去了理性辨别的能力,如同失灵的信号灯错误地指挥了自己呢?

……

凤凰涅槃是烈火灼炽后的重生,它灵现了慧智的恩典。

庆幸的是,今天的我已经不再是当初那个尖锐、犀利、思维拘谨、眼界狭窄的小女生了。

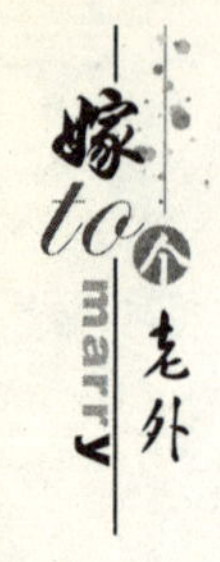

John和洋名

从离开中国到澳大利亚留学算起，距今已经二十多年了。在这段特殊的人生旅程中，我经历了一次又一次蜕变，勇敢地面对人生中每一个驿站，从一个青春洋溢的学子，到为人妻母的主妇；宽容取代了偏执和任性，谦和替转了孤傲和自我，甜酸苦辣在悲欢离合中演绎了多彩的主题。

记忆从来都是喜新厌旧，按理说，被记忆遗弃的往往无法找回。但奇怪的是，早该被时间的年轮压碎的一些平凡事，在纷繁的变化之中并没有消失，仍然固执地驻守在脑海深处，让我无法忘却，且将一直与未来的生命随行。

就如同此时此刻，我仍然能清晰地回忆起第一天到学校报到时发生的一切……

那天清晨，上满弦的闹钟还没来得及工作，我就兴奋地起床了。吃完早餐不久，我便带着早已准备好的材料离开了家。因为之前的一次探路用了四十分钟之多，所以这次就预留了双倍的时间。没想到，恰巧赶上了一趟直达的火车（墨尔本的火车不是我们意义中的长途车，而是一种市内交通工具），仅用了二十分钟就到了市中心，所以我早早地来到了学校。

步入校园，顺着林阴大道，我朝着箭头指引的办公室方向走去。

秋高气爽，煦风宜人，清晨的校园安闲而静谧。宽敞洁净的大路两旁整齐排列着挺拔而高大的梧桐，错落有致，庄重而肃然。在鲜花簇拥下的优雅小路上，一只美丽的小鸟正自由自在地飞来飞去。

快乐的小鸟伴随着我轻盈的脚步，不知不觉间，我已走到了办公室的门口。

接待处好像刚刚开门，两个看上去已经办完手续的学生正站在门口说着话。

签字登记后，我拿着学校发给新生的一堆资料和简介，找到了主楼楼层尽头的那间301教室。

门敞开着，只见一个学生模样的人正在和一个老外开心地聊着。我走到门口，轻轻地敲了敲门。

那个老外转过身，冲我微笑了一下，接着和蔼地问道："你是这个班的吗？"

"是的。"

"欢迎你，我是你的老师，我叫John。"

John，一个极其常见且普通的英文名字。儿时便听过山姆大叔和约翰牛的故事，所以每次见到John这个名字，潜意识里便出现《山姆大叔》里的约翰牛，那个红脸矮胖、脾气暴躁的滑稽形象。但眼前这个John绝非如此，他使我想起了电影《佐罗》里的男主角。他体型高大伟岸，脸庞棱角分明，如同工匠雕刻出的辉煌杰作，几乎找不出任何瑕疵，且举止优雅，风度翩翩。

一位同学后来悄悄告诉我，John是全校最有魅力的男老师。

的确，John不仅英俊倜傥，而且言语风趣，幽默睿智。他轻松自如的教学方式，形象易懂，使我们很快就记住了所学的内容，而且还牢记不忘。

他的谦卑与善良更让我们钦佩不已。

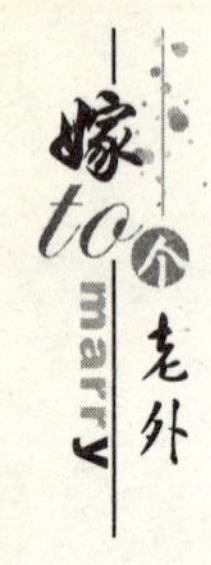

记得有一次John讲起他家一只死去的小狗时，眼圈竟然有些泛红。他把那只小狗埋在自家花园，并将自己最心爱的一件毛衣陪葬在小狗身边。还有一次上课时，John发现一个蜘蛛在黑板前面，他马上拿起书桌上的一个小纸盒，让蜘蛛爬进盒里，然后小心翼翼地走到窗前，再让蜘蛛爬到了窗外的墙上。此举让大家甚为感动。

加之John的年龄比我们大不了几岁，所以当时在很多女同学的眼里，他就是梦幻王子。

那时班里的几个女生课余时间总喜欢谈论他。为了离John更近一点，上课时争抢着坐在最前面。

John更是"来者不拒"，今天叫这个"亲爱的"，明天称那个"小甜心"(后来才知道，这是西方人的一种习惯，根本不代表什么)。不同文化产生的反馈自然不同，他也许是随口一叫，却搞得别人乱了心扉。

很快，我的好朋友Kim便成了"受害者"之一。聪明伶俐的Kim来自韩国，她长得不高也不算漂亮却很有亲和力。我特别喜欢她笑时的样子，感觉脸上每一个部位都洋溢着甜蜜。

有一天，Kim突然忧心忡忡地对我说，她只要一看到John，就有种被融化的感觉。她怀疑自己爱上John了。

没过几天，痴心不改的Kim又告诉我，前晚她失眠了，一直都在想John的音容笑貌。可怜的Kim像个欲罢不能的吸毒者，悄悄地暗恋上了John，并深陷其中，无法自拔。

自此，John便成了Kim每次谈话的主题。Kim还让我帮忙出主意，讨教如何才能吸引到John的目光。我有些难为情地告诉Kim，在这个领域，我的本领实在有限。所以，对于Kim的求援我常常是爱莫能助，最多的不外乎鼓励她积极发言，认真听讲，努力完

成作业之类的。

大概John也感觉到了课堂下深情款款的眼睛吧。有一天讲课时，讲着讲着，他突然扯到中国属相上了，并且告诉我们，他是属狗的。说完还伴着“汪汪”的几声狗叫，把全班同学都给逗乐了。然后，又问我们如何推算属相，说是想给他的女朋友算一算。

可能John是想用这个方式告诉那些女生们：他已经“有主”了。之前曾听一位校友讲过几段John在校园里邂逅艳遇的传闻，以及John如何忠贞不渝，坚决抵制了一切诱惑的动人故事。

我至今还能记得，在听到John提及女朋友时，Kim那满脸哀苦、魂不守舍的样子。下课时，我赶紧拽着如同丢失了祖传珍宝般悲不堪言的Kim去了楼底的休息室，为她买了一杯咖啡并说了很多劝慰的话。不过，我也因此很佩服John的机敏。

几天之后又发生了另一件事情，不过这一次与爱无关。

一天上课时，John带着建议性的语气向我们提议道：希望我们这些亚洲学生都能起一个英文名字，这样便于他称呼，因为我们名字的发音对他实在太难，而且我们现在又是在澳大利亚，英文名字也更适合周围环境，方便我们和澳大利亚人接触。

第二天，当我快步走进教室的时候，看见好几个同学正围在一起谈论着什么。

我刚找地方坐定，一个姓陈的上海女同学就朝我走来，然后表情神秘地问我：

“怎么样，起的什么名字啊？我们正在讨论这事呢。”

“没想好，你呢？”

“你觉得Jane怎么样？”

“很好啊，那部电影《简爱》我看了5遍。”我兴奋地说着。

“我特别喜欢这个名字。”

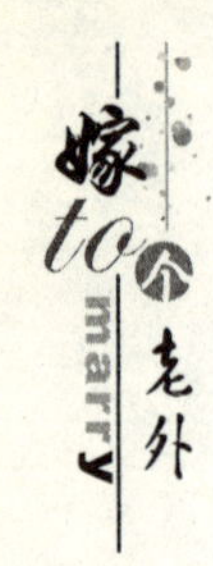

“那就叫它呗。”我强烈地建议道。

正说着John走了进来。大家立刻回到了座位上。John和大家互相问好后，从桌子上拿起了点名册，准备点名。刚要开始，好像忽然想起什么似的，他把点名册又放了回去，然后对我们说道：

“你们有没有完成我布置的作业？”

“当然。”好多人回答道。

“那么可不可以告诉我，你们的英文名字呢？”

这时，听见John指着一个前排女同学问道：

“可以告诉我，你的英文名字吗？”

“Linda。”

“你呢？”

“Margret。”

“你呢？”

“James。”

……

John问到了第五位同学。那是一位靠墙坐着的，叫Yoko的日本女生。她昂着头，后背挺得很直，还用手捋了一下前额的头发，她一句一顿的回答，使得满座皆惊！

“老师，很对不起，我不想起英文名字。”

“为什么？”John不解地问道。

“因为名字是父母给的，不能因为别人不容易记或者不容易发音就去改变它，这是对父母的不尊重。”

她喘了一口气，继续说道：“我是日本人。很多日本人认为我的名字非常美丽，我自己也很喜欢，我感到非常骄傲。所以，我不希望有其他的名字。”

最终，她没有起英文名字。

老师也不再要求大家起英文名字了。

估计John当时的想法很简单，只是为了方便记忆。没想到，却

被他的学生拒绝了，而且说出了这么郑重的理由，所以也就不再提了。

这件事却给了我们几个中国同学很大的触动。放学时，大家还展开了研讨，慷慨陈词、激情四射，其认真、严肃的态度就像讨论国家兴亡一样。

……

自从发生了这件事，我对起英文名字便有了抵触，总觉得名字与爱国情怀是有关联的，直至后来发生的另一件事才改变了我的想法。

有一年，我回国探亲，约好了一位昔日挚友一起吃饭。多年不见，倍感亲切，我们边吃边天南地北地闲聊了起来。

她告诉我，她现在就职于一家很大的外资企业，事业做得蒸蒸日上，手下掌管着几十个人，是全公司最重要的实业部经理。

正说着，她的手机响了。她接了电话，然后是一番工作上的交代和安排。挂断前，她对着手机说了这样一句话：

"Lucy，这次你必须办好。"

我突然想起什么似的，好奇地问："你们公司的员工都有英文名字吗？"

"是啊！在外企工作的人大部分都有吧。老板说这样共事起来更方便。"她解释道。

可能是我的眼神让她觉得不解，她也回敬了一个好奇的眼神。

我赶紧笑着说："其实也没什么，就是随便问一问。不过，你们老板的话倒是让我想起了曾经发生过的一件事儿。"

"什么事啊？快讲给我听听。"她迫不及待地要求着。

我没有直接告诉她那个故事，只是笑着建议道：

"我觉着应该反过来才对啊！干吗让你们起洋名呢？现在，你们公司的老外是在说中国话的中国，应该让他们来适应中国环境。

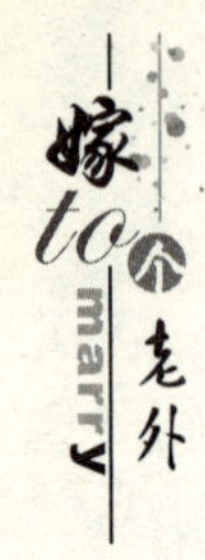

所以，应该让你们公司的老外都起中文名字，让他们改名，而不是你们……”

“有那么复杂吗?”她笑了:“毕竟是外企老板管理员工，从便于管理的角度出发，是谁改名好一些呢？再者，英文名字只是添加并不是取代中国名字，更像是一个昵称，仅此而已。”

一番话说得我哑口无言，我只好静静地听着。

她接着说，现在有些年轻人起个洋名也只是一种时髦，就像当年的“卫国”“建军”“向东”一样。如果什么事情都提升到一个高度去认识，简单的事情就会复杂起来。况且人名也只是一个人区别于他人的代号，大可不必想得太多……

仔细想想也是，在这个地球村时代，人与人、国与国之间的交流沟通，对于相互促进和发展显得愈发重要。为了有利于交流进步，起个外文名字实在是无可厚非。不是吗，许多在中国生活的外国人不也有中国名字吗?

现在来看，把一个洋名和爱国情结联系在一起确实有些小题大作。

一件背心的尴尬

生活中每天都发生着许多事，有的事过后便烟消云散了，有的事却化入你的心灵，甚至改变你的观念，让你终生难忘。

1991 年元旦后，我第一次回国探亲。

离家两年多了，那份对年迈父亲的无限挂牵，对至爱亲朋的深深惦念，对家乡山水的回忆思念，积攒得太深、太久，让我魂牵梦绕，夜不能寐。然而，由于各种原因一直没有机会和能力回来探望，所以这次回国对我来说，绝不亚于当年出国带给我的渴盼和激动。

离启程还有两周，我就开始整理行装，打包装箱，临行的前一周，我已经兴奋得彻夜无眠了。

因为当时能回去的人毕竟有限，所以朋友们也特别重视，提前一个月就开始为我饯行，聚餐聚会成了那段时间周末的惯例。朋友的家信、礼物以及记录着他们生活片段的录像带就占了我半个箱子。

那时墨尔本还没有直飞国内的航班，必须在悉尼中转和出境，所以选择性很小。

预订机票时，我订了当天到悉尼最早的航班。尽管好心的售票小姐一再告知，没必要那么早，但我还是考虑了诸如堵车、修路，甚至半路汽车抛锚等等所有可能和万一发生的情形，最终做出了

宁可提前到达、也决不能因意外而错过飞行的决定。

在好友送我去机场的路上，我还虔诚地做了祷告：求主保佑，一路顺利，让我尽早见到日夜思念的父亲。

到达机场，看着好友带着羡慕的眼神离开后，我幸福地走进了候机大厅。又过了两个多小时，我终于整点顺利到达了此次旅行的中转站——悉尼国际机场。

因为太早，办理国际登机的柜台还没有开门。

终于等到了开门的时间，排在第一的我很快便办妥了手续，握着手里的登机牌总算松了一口气。看了一下时间，比预计的还要早，我决定利用这个时间在机场好好转一转。

能够再次步入如此现代化的机场，悠然地置身其中，我的心里洋溢着难以言说的喜悦和激动。我像个刚进城的乡下妹，看见什么都觉着稀罕，尤其是风格各异、特色不同的商店以及色彩旖旎、

琳琅满目的商品更是牵引着我的视线。

我决定一家一家商店地逛下去，探究一下它们究竟有何不同……

从一家书店出来后，旁边是一家很大的以销售当地羊毛制品为主的商店，很吸引人，我便朝这家商店走去。

还没进门，就看见商店里一个塑架人体模特身上穿着一件背心。

浅灰色的狐狸毛领子配着土黄色的羊皮身子，宽大的领子像披肩一样直达腰间，腰围收拢得恰到好处，不仅曲线和色彩搭配完美，样式别致，还尽显高贵典雅之气，实在是绝美之作！

可能那个年代的时尚不像现在这么百花齐放、风格迥异吧，所以这件背心显得特别鹤立鸡群。

从小就喜欢时装设计的我，对这样的作品除了赞誉还想“占为己有”。我疾步走到模特前，轻轻地抚摸着这件如同艺术品般美丽的背心，难掩心中的喜爱。我甚至想象着穿在自己身上的样子，以及众人发出的赞美之词，心里不停地闪烁着一句潜台词：我要买下它。

一看价格牌，599 澳元啊！

那个年代，20 澳元就够一周的伙食费了，并且绝对是鱼、虾、肉俱全的标准；买一张去市中心的周票才一块钱。

这个价格实在是太昂贵、太奢侈了！

我泄气了。

当时，我一周勤工俭学所赚的钱还不到两百澳元。就是不吃、不喝、不住也要攒将近一个月，我不停地盘算，仔细地运筹，答案仍是无解。

实在没办法。我只好揣着炽烈的依恋难舍之情离开了那家

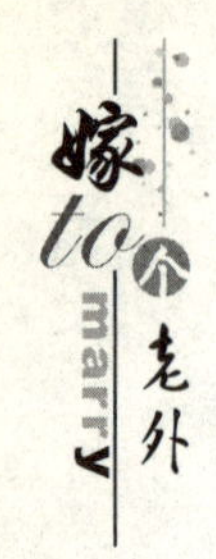

商店。

又走了几家店，我心不在焉，心思一直放在刚才那件别出心裁的背心上，心中甚至开始隐隐作痛并伴着诀别般的不舍。

难道真的没办法了吗？

我又重新进行了新一轮的计算，一番苦思冥想、挖空心思，终于想出了几个储钱的绝妙之策以及省钱的好办法。心中激烈地矛盾斗争了几个回合之后，最终，要买下那件背心的决心断然占了上风。那一刻，我像一个终于凑足了手术费的患者突然看到了救治前的曙光一样，欣喜若狂！

激动不已的我生怕万一迟了会被别人抢走似的，健步如飞地回到了那家商店。

我拿起那件心爱的背心，快速走向收款台，毅然决然地将其买下了。

走出商店，我迫不及待地马上找了一个座位，小心翼翼地将背心从袋子里拿出，不停地用手抚摸着那茸茸软软的细腻衣面，温柔得如同抚摸着爱人的脸庞一样。那一刻，也是我平生第一次对“爱不释手”这个词，有了更确切的体会和更深层的理解。

能买到如此心仪的衣服，又要马上回国与久别的亲人相见，此时的心情，语言已无法表达，我只感觉拥有了整个的世界！

一位澳大利亚老太太不知何时坐到了我的身边，估计她打量我很久了，只是沉浸在极度亢奋中的我没有注意到她。

老太太很柔和的声音传了过来：“这件衣服真漂亮。”

“你说得太对了！我太喜欢了！真庆幸我终于把它买下了。”正找不到人一起分享我的快乐，没想到来了一位知音，真是“英雄所见略同”啊！我兴奋得简直有些得意忘形，并不停地向老太太展

示着手中的背心。

就在我忘乎所以的时候，突然听到老太太又说了一句话：

“可是，你想过吗？你买了这件衣服，商店就要从生产商那里再订购一件，以便下一个客人购买。也就是说，将会有另一只动物被宰杀、被剥皮……另一件同样的衣服才能挂在商店里。”

这个老太太也太爱管闲事了，她应该告诉商店才对，跟我说这些有什么用！我像个去餐馆吃饭的贵宾，明明要的是热茶，却等来了冰水；我原本期盼的是赞美，是褒奖后的得意，没想到却被这迎头的寒凉泼洒得面目全非。

我几乎“恼羞成怒”！

这突如其来的一瓢冷水，猛地扑灭了我心中的喜悦，强烈的挫败感使高涨的情绪一下子跌落下来，我有些不知所措。这时，幸而传来了登机的广播通知，我马上站起来，冲着老太太冷冷地说了一声“对不起”，便匆匆离开了。

平心而论，尽管我气愤难当，但老太太的话多少还是触动了我。毕竟我也是个尊崇自然、热爱和平的人，只是从未深思过这种连锁的因果关系。

坐在飞机上，我静思默想，越想越觉得老太太的话很有道理。若商店少卖出一件背心，就会多一只幸存的动物；反之，则会少一个生灵。慢慢地，我对老太太的愤怒情绪也开始化解，直至完全消除了，此时我才感到自己当时的态度和语言有些不妥。我甚至暗自告诫自己，以后尽量不买皮革衣服了（想的是尽量，内心深处还是给自己留了后路的）。

可既然买了总得穿吧！尤其是“倾家荡产”换来的美丽，更应该最大化利用才是。所以回国期间，又恰逢季节适宜，我几乎每天

都穿着这件漂亮的背心。

不仅如此,我还特意跑到当年最高档的华联商厦专门买了一个最贵的衣架。每天晚上我都仔细地将那件背心高高挂起,唯恐亏待了它。

20 多年前,在国内能看到这么与众不同的衣服实属难得,再加上路人的驻足观望,朋友充满赞誉的惊叹,使我受挫的心终于得到了极大的疗养,那次难堪的对话场景也渐渐地褪色、隐形。

回到澳大利亚数月后,终于迎来了南半球的冬季。

一个周末,我接到了去朋友家聚会的邀请。爽快答应后,我开始盘算起赴宴的细节:几点出发,买什么礼物,穿什么衣服等等。

每次这样的聚会我总是很注意装束,这次还有很多陌生的朋友,更不能掉以轻心。于是,那件心爱的背心便当之无愧地成了首选。我甚至还有些暗自得意,终于又有机会展示它的美丽了。

那天临出门,我站在镜子前面仔细端详时,不知何故,突然又想起了忘却很久的机场一幕,心情顿时变得紧张起来,我马上安慰自己:这次肯定不会那么“倒霉”了。

我将车开到了一条商业大街,准备在那里买完礼物再去朋友家。我走进一家商店,转了一圈,没有发现想要的东西。我又去了另一家商店。站在货架前,我有些拿不定主意,不知道哪一种颜色更适合朋友的口味。就在我不停地对比、观望、琢磨的时候,一个澳大利亚老大爷慢慢地走到我身边。

他先用澳大利亚人特有的方式打了一声招呼,接着慢慢地与我攀谈了起来(这在澳大利亚很正常)。

老人先夸赞了我的美丽,接着延伸到了人类的丑恶与残忍,又从我的背心讲到了许多濒临灭绝的珍禽,最后老人讲到了人类肩

负的保护自然的责任……

老人慈祥的脸庞和微笑,以及诚恳的话语让我重温了当年飞机场那位老人家的善意引导。我站在那里,认真地倾听着他的教诲,反思着自己的所为,他的话让我懂得了自己等同纵容犯罪的做法。

我面红耳赤。

后来我才知道,在澳大利亚,有许许多多这样的人以及民间自发的动物保护协会或组织。这些人用他们特有的方式,保卫着大自然的和谐,保卫着我们人类共同的家园。

那件我生命中最珍爱的背心,终于躺在了我的衣橱里,我再也没敢穿它。因为,我不希望澳大利亚人把一个善良的中国女人看成是杀害动物的凶手。

两笔账

第一次参加广州交易会，还是在上个世纪八十年代。那时，我是国内一家外贸公司的业务员，负责有关产品的推销。

当时公司有一批积压库存，我们想低价卖给一个长年经营此类商品的老客户。也算互利吧：我们早点资金回笼，并可增加交易会的成交纪录，客户则可拿个心向往之的超低价。

当时和客户商谈此笔交易时，我们的报价还不到平常的一半，满以为他会欣然接受，没想到却是一连串的"No"和不停的摇头。随后，客户从皮包里拿出计算器，双目圆睁、眉宇紧锁，认真得就像科学论证似的，又重新核算了数遍。

随后，他提出了一个更低价。

按照新价格，我们的权限做不了，只好派人去请示随团领导。经过仔细研究、反复斟酌，领导最终同意以客户希望的价格成交。

客户眉开眼笑，我们也顿感轻松。

正当我们皆大欢喜准备离开的时候，客户突然提出，晚上想请大家一起吃饭。

"白天鹅"是当时广州最好的酒店，结账还必须用那个年代流通的外汇券才行。埋单一顿配着乳猪、乳鸽、大闸蟹的十人晚餐，所有的花费可想而知。

饭后，坐在回酒店的出租汽车里，我异常困惑，逻辑习惯被严重颠倒，客户的行为就像捡了芝麻却丢了西瓜一样。于是，我不解地问师傅：

“这个老外真奇怪，这不是倒贴吗？他那么费力地压价，也就省了几百美金，可这顿饭花掉的远不止这个钱。还不如不压价，也不用请我们吃饭。真不知道这些老外是怎么想的！”

师傅当时的回答对我来说就像一则崭新的数学公式，这也是我第一次听到如此别样的理论。他说：

“吃饭是吃饭，是情谊；生意是生意，是努力争取自己的最大利益。一码归一码，这是两笔账。很多老外都是这样，这也是他们可爱的地方，你不觉得吗？”

说实话，当时我不仅没觉得他们可爱，反而觉得他们挺神经。

后来我到了澳大利亚。

虽然也听到、看到很多这种类似的事情，但我还是很难接受这种“两笔账”的做法。尤其是很亲近的两个人，斤斤计较、是非分明，就更加让我觉得匪夷所思。

记得有一次，几个要好的同学一起出去吃饭。结账时，倡导的那位提议AA制，心里虽感不适，总算还能接受，毕竟穷学生们挣钱都不容易，让谁拿出一笔都非易事，也不公平。

这时，我瞥见旁边桌子的一对澳大利亚年轻爱侣，之前他们一直是拉着彼此的双手，含情脉脉地对望，好几次还起身隔着中间的桌子亲吻对方，好像爱得无法分割一样。可饭后埋单时，则各人忙着掏出自己的一半餐费。更好笑的是，结账后他们又迅速地重新拉起对方的手，互相深情地继续说着：我爱你，我也爱你……

如果按照“两笔账”的解释，可否理解为：爱归爱，爱就不分彼此，是相亲相爱的一家人。付账归付账，角色急转为平起平坐的普通朋友，必须分得清清楚楚。

这事儿，我一直想不通。

再后来，我认识了现在的老公，终于有机会亲身体验一下“两笔账”的感觉了。

我大开眼界！

记得我们刚认识不久，就发生了一件很有趣的事情。

那是一个周六，我们约好了一起爬山。一大清早他突然打电话说正在准备一些爬山所需的物品，还要出去购买工具，让我马上准备食物，再去他那里集合，一起出发。

分工明确，目标赫然，我应答着并马上开始了准备。

去超市买完了食物和饮料后，我径直往男友家开去。周六上午，我通常都会给老爸打电话报平安，可那天实在太急，忘记了。开到半路我才想起来，心想，到男友家再说吧。

到他家后，征得他的同意，我拨通了国内家里的电话。因为是在“别人家“，老爸很理解我的“处境”，更何况自觉的品质也是从他那里继承的，所以在老爸的几次催促下，我很快就挂了。那次通话也就几分钟。

不过那个年代的电话费确实不便宜，因为当时澳大利亚只有一家电讯公司，不像现在冒出来一大堆的电讯公司，互相低价竞争，还有各类电话卡等等省钱的办法。

依稀记得，当时打往中国的电话，每分钟的收费是四块多澳元。电讯公司的其他服务则和现在没什么不同，也是每两个月寄一次账单，详细记载着所有的电话细节：时间、地点、拨叫的电话号码、通话时间，最后是付款方式、付款期限，等等。

两个多月后的一个上午，男友打电话约我一起看电影（通常是他买票，我请他吃晚饭，或反之）。下班后，我直接去了他家。因为他到家总是较晚，我决定借机帮他整理一下凌乱、无序的房间。

在清理书房桌子时，我发现一张账单端正地放在一边，似乎想

引起我的注意。拖过来仔细一瞧，是上两个月的电话单。我好奇地翻看着，在最后一页的国际长途一栏里，我看到了打给老爸的那个标记为 18.7 澳元的电话记录。

我早已将此事忘到了天边，如果不是看到这个账单，可能真就占了一次“小便宜”。

虽然心里不是特别情愿，但我还是从钱包里取出了二十元钱。心想：这里毕竟是澳大利亚，还是学着入乡随俗吧。即使人家不要，咱也得表示一下，起码表明咱是个自觉之人。

于是在他回家的时候，我把二十元钱放到了桌子上，并且故意强调了两遍是那次打给父亲的长途电话费。我以为他会拒绝，起码也应该客气几声，推让几下。甚为遗憾的是，他，什么也没说，直接就收下了。

为这事，我在心里“骂”了他至少两天，还不好意思和别人说，担心遭遇吃惊的表情和怪异的眼神……

没过多久就到了我的生日，这是我们恋爱后的第一个生日。说实话，没想太多也不敢想，电话费的阴影还“余音未了”地萦绕在我的记忆里。我像个没有欲望的植物人一样，平静地等待着时间的流过。

生日的那天清晨，我正在吃早餐，突然听到门铃声。开门一看，竟是快递公司送来的一束特大鲜花，上面还插着一个写有“生日快乐”的气球和一个漂亮的精美卡片。因为很大，我要双手才能环抱住，快递公司的人也叮嘱我“要小心拿好，因为花太大了”。

这给了我一个不小的惊喜，太出乎意料了！爱哭的我差点激动得流泪。

我把鲜花小心翼翼地抱在怀里，带着无以言说的满足，兴高采烈地走进客厅，将它们慢慢地放在桌子上。

我站在花前，感受着那份沁心的浪漫。被甜蜜温润的我陶醉

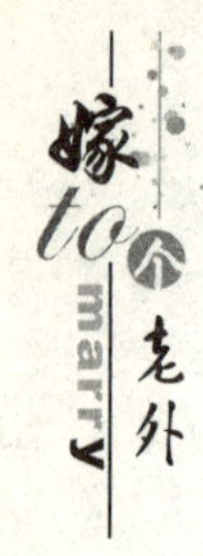

其中，忘记了一切……当时，真希望这束象征着男友如此慷慨与爱意的鲜花能够“长生不老”，以拭去曾经的那份不尽人意。

晚上提前下班的他，带我去了市中心的一个特殊电车站。真是搞不明白，吃饭的时间为什么要来这里？难道需要坐电车才能到吗？我心里满是疑惑。

七点整，一辆特殊的电车缓缓开了过来，它将以每小时五公里的速度继续缓慢运行下去，且将途径墨尔本市中心以及外围所有著名的景点，两个半小时后回到起点，最后这一班还能看到城市的繁华夜景。原来，男友预订了我只听过却从未见过，一天只运行三次，要提前一个月才能订到座位的墨尔本闻名于世的电车餐厅。

在悠扬音乐的伴随下，望着餐厅为我准备的、写着我名字的生日蛋糕，以及全餐厅二十多位宾客送上的生日祝福，我激动得第一次当众拥吻了男友。

吃完主餐又过了一会儿，男友把一个外包装很漂亮的小盒子放在我面前。应该是生日礼物吧？会是什么呢？我不敢多想，生怕希望太大会惹来同等的失望，我不停地用电话费一事告诫着自己。

在他的目视下，我慢慢撕开包装纸，打开了那个精美的盒子。

随着耀眼的七彩光芒，映入我双眼的竟是一枚剔透玲珑，散发着质感与高贵，制作工艺如鬼斧神工般别致的钻石戒指。在那个能戴 24K 金就已感荣耀，对于钻石没有任何知识的年代，这已经不是一份惊喜所能诠释的！

我实在不敢相信眼前的一切，极为诧异地抬头看着他，当然静默中还包含着另一层含义：不会是假的吧？

这时，听见男友温婉地说道：“喜欢这枚钻戒吗？”

我一时有点语塞，可能是承载不下这份深刻的感动和低估他

人的真情所产生的羞愧吧，我只好不停地点头。

我努力让自己平静了一会儿，说道：

“干吗要花这么多钱呢？”语气中夹杂着难为情……

我突然想起当年师傅说老外可爱一事了。那一刻，我竟真的找到一些感觉。当然，并不是（至少不全是）因为他送给我一份贵重的礼物和浪漫的晚宴，而是他品格里的——真！

借的哪怕再少也是借的，也要还；送的哪怕再多也是心意的呈现。用师傅的话说：一码归一码，这是两笔账。清晰有秩，原则分明。

其实很多事情皆是一分为二、利弊相间的。与这种人相处，虽然偶感“无情”，却让简单的情感世界纯净了不少，即使吵架甚至分手也是理直气壮的终场。

我的一位国内好友也找了一个老外男朋友。有一次，好友向我抱怨她的那位如何“抠门”。因其男朋友很富裕，所以好友才想不通，如果穷，反倒容易理解。

当年的我也有同样的困惑。于是，我给好友讲了那个长途电话的故事，并调侃说，你的男朋友不会更“抠”吧？

好友大笑不止！

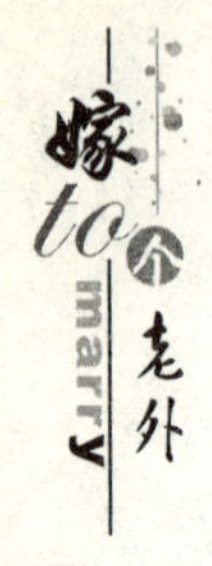

野营的发现

在澳大利亚留学的那个年代，中国还不像现在这么强大，与国外相比，还有明显的差距。对于我们这些来自第三世界国家的留学生来说，生活确实是捉襟见肘，节俭的程度，可以用一句话概括——一分钱也能攥出汗来，恨不能掰成两半花。

曾经听朋友讲过一个最离谱的故事：一个来自印度，生活很贫困的学生曾经用线串起一枚两元的硬币，去投币电话亭给日夜思念的母亲打电话。说两句后立刻挂断，在硬币被吞掉之前，迅速提拉手中的线，将硬币拽出……不管故事是真还是假，但足见我们当年的窘况和尴尬。

还记得一位同班同学，经常在教室里给我们讲他如何逃票的经历。

那个年代，逃票是件非常容易的事情。站台随便进出，既没有人管也没有隔板挡着你的去路，自己买票自己检票，所以很多同学都有逃票的经历。我一直都是安分守己、奉公守法。倒不是自己的觉悟高，而是胆小，怕被人抓到。

其实这个担心是多余的，在这里，起决定作用的因素是道德水准。这是经历了一次野营后的所悟所得。

那一年，我和男友打算驾车去一个很著名的风景区——Flinders Ranges 山系。

这个山系是澳大利亚国家公园的一部分，位于澳洲东南部，与中部沙漠接壤。原始森林覆盖了整个山系，别样的森林穿行路线更是独一无二。那里的返璞归真吸引着所有大自然的爱好者，对他们而言，能够背着帐篷，阔步在森林中，感受着大自然的每一处平缓和俊俏，就如同赋予了生命最愉悦的体验。

男友很喜欢森林行走，还不到十八岁就加入了森林行走俱乐部。他们定期去一些深山老林，行走的间隙还义务清理过路的垃圾或整理危险的丛林，用他的话说，他们不仅享受自然，更是保护自然。

他告诉我，所有去过的地方中他最喜欢 Flinders Ranges，那里给了他最难忘的行走经历。所以，他希望我能与他相伴同行。

他勾起了我强烈的兴趣，叫我神驰遐想，跃跃欲试。于是，我们便安排了九月份的行程。

男友怕我不习惯去如此偏远的地方，所以预计了二十天的行程，让我有足够的时间慢慢适应野餐露宿的日子。

第一次去这么偏远的地方确实不习惯。好在每处小镇我们都可以停下休息并作一些调整，尤其是补充供给。幸运的话，还能找到小餐馆，大吃一顿是少不了的。

澳大利亚的这些边远小镇非常漂亮，很多小镇给我留下了深刻的印象，也由此让我对淳厚的澳大利亚人有了更多的了解和喜爱。他们就像澳大利亚广博的原始森林，繁衍着真实、质朴的亲切与纯美。

途中，我们经过一个小镇。小镇不大，只有几十户人家，整洁、优美而又清静。我们来到全镇仅有的一家杂货小店，打算买冰激凌。店里很安静，我们自己选了几种口味的冰激凌，等了很久，却没有人出来收钱。

我们把钱放在柜台上，正要离开的时候，一位老人家从后面焦急地走了出来。他满脸歉意地笑着，连说对不起让我们久等了，并告诉我们，他正在后院锯树枝，因为放在门口的木头快没有了。

走出小店时，我发现门口右边的空地上堆着一些半尺左右厚的树墩，便好奇地走过去，想看看如此畅销的树墩如何计价，只见旁边的一个纸壳上面用不太清楚的白色粉笔写着：free fire wood（免费烧火木柴）。

我深感意外并不无感慨地对男友说，这个老人家真是太好了！免费送给别人的引火木柴也要处理得这么周到……

经过几天的辛苦驾驶，我们终于到达了 Flinders Ranges。之后又沿着盘山公路开了很久，总算到达了山脚下的入口处。

男友把车停好后，我也跳了下去。

抬头望去，高大的千年古树环绕四周，一望无际，古树的下面则是各种各样的野生植物，它们因着古树繁茂枝叶对阳光的遮挡，郁郁葱葱，青翠而美丽。

我伸了几个懒腰，呼吸了几口大山里的充足氧气，感觉就像刚喝过一杯香浓的咖啡般沉醉、神怡。沐浴在如此洁净、清灵的环境中，整个人都变得透明了似的，深山里的感觉真好！

我开始环顾左右，想看看出入口在哪里。可是转了两圈也没找到，只好回头问男友："怎么看不见出入口呢？"

男友做了个鬼脸，伸手指了指前方。

顺着他手指的方向看过去，我有些忍俊不禁、哑然失笑。眼前的情景让我实在无法相信，世界上还有这种别致的收费出入口！其"假"的程度简直就像话剧舞台搭建的临时场景或者使用的临时道具。

只见在车辆经过的前方左边，歪歪斜斜地（因在坡上）放着一个像柜台一样的落地箱子。箱子前部有一个类似邮箱的投递口，箱子上面放着一个塑料透明盒子（估计为了防雨），盒子里面放着很多信封，盒子旁边竖着一个写有这样字迹的小牌子：进山费25澳元，请将钱装进信封，投进箱子里。

这是一种没有任何人监督、纯自觉的缴费方式。如果想逃，绝对可以毫无顾忌地开过去，在这方圆上百公里无人居住的荒山野岭，无需任何担心。

这样的地方能收到进山费吗？

我心里正嘀咕着，只见男友走到箱子前，拿了一个信封，接着从口袋里掏出钱包翻找着。他从钱包里拿出一张20元的纸币，然后回头问我："有没有5块钱？"

我翻遍了全身也没找到小票，只找到3块零钱。

男友想了想，说道："没关系，我这里还有一张10块的。"于是，他把一张10块和一张20块的一起装进了信封里。

"别忘了不能找钱，那样我们可要损失5块了。"我有点心疼地

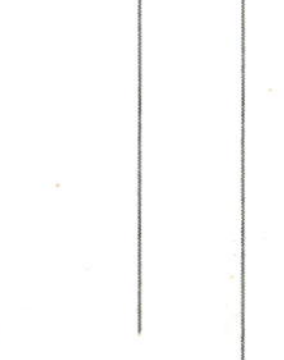

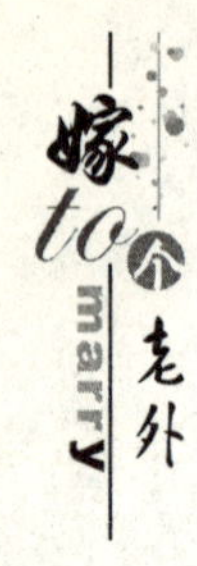

说道，因为那时的五块钱比现在的五十都管用。

“总不能少给吧，我们没有零钱，只能这样了。”

“我才不相信大家都和我们一样自觉呢，说不定别人根本就不交，我们少给2块又怎样?”我无所谓地说着，甚至还跑到箱子前面，趴在投递口上仔细观察了一番。

里面有很多信封，无声地反驳着我。

男友坚持着自己的做法，把装有30元钱的信封投进了信箱里。

我静静地看着他的一举一动。虽然心里不畅，但也油然而生了一丝敬佩之意。

……

这里的风景真美，让我们流连忘返。不知不觉在Flinders Ranges呆了10天，不得不返回了。因为贪恋美景，原计划的返程时间被我们推迟了一天，这样回程路上的时间就比来时紧张。

连续赶了两天的路，直到第二天晚上我们才离开沙漠，进入了正规的野营区。

在澳大利亚，这种正规野营区的设施非常完善，有厨房、淋浴室、洗衣房，每一个停靠位(支帐篷的地方)都有电源接口，甚至还有灭火器，等等。当然，在这种地方野营是要交费的。

我们赶到时，已经是晚上九点多了，野营办公室早已下班。在办公室外面的墙上贴着这样一个通知:

我们早上9点上班，晚上7点下班。如果你们到达的时候，我们已下班，请你们自己找地方住下，并祝你们在这里愉快。如有紧急事宜，请拨打×××。

于是，我们便随意找了一处空地，匆忙住下了。原计划第二天一早出发赶路的，可是清早起来，男友却带着非常遗憾的口气告诉我，必须推迟，要等办公室开门，补交上昨天的野营费再走。

我说:“我们又没用任何的水电和服务，只是借地住了一宿。去过的简易野营区，没有服务的都不收费。有必要为此耽误时

间吗?”

男友冲我笑了笑,没有再说什么。见男友主意已定,我只好跟着他一起去了野营办公室。

在办公室门外等候开门的时候,我看见另外两对夫妇也在门口等。和他们闲聊才知道,他们也是昨天很晚才赶到的,今早来补交费用。

其中一对夫妇还带着两个孩子,小的抱在怀里,吸着奶嘴仍沉睡着。有些寒意的清晨,真担心他会着凉。母亲不停地看表,并有些着急地解释道,因为后天是小儿子的生日,他们急着赶回去准备生日派对……

坐在飞驰的车里,望着飞速退却的丛林灌木,我的心很不平静。刚才怀抱孩子的母亲焦急等待的神情,男友两次交费时一丝不苟的认真表情,以及澳大利亚人对收费交费的态度,让我惊讶新奇。

想起我刚才的所作所为,不由得笑了起来。当然,笑声中不乏自惭形秽的自嘲。

吃饭的学问

刚来澳大利亚不久，一次偶然的机会，我认识了一位叫 Gunter 的德国朋友。在那些悲苦相伴的艰难日月里，他曾给过我许多安慰和鼓励，催我振作，激我进取。

为了感谢他长期以来对我的关心和帮助，我提出了请他吃中国餐的建议。他高兴地满口答应，并约好周末一起去唐人街。

那时我到澳洲的时间还不长，思维习惯和行为规范仍沿用着国内时的标准，所以点菜时，我固执地认为，一定要点贵一些的（尽管当时很穷），似乎这样才能充分表达自己的感激和诚心，也不觉得丢面子。

可是 Gunter 并不像我预料的那么领情，一副无所谓的样子，喜欢调侃的他还故弄玄虚地说，其实他最喜欢的餐馆是麦当劳。

我笑着说，下次一定去那里。

当我把点好的菜单读给他听的时候，他调皮地问：可否换两个便宜一点的菜？当时，我认定他是不希望我多花钱，所以还是坚持着要了几个我认准的好菜。

两周后，Gunter 打电话告诉我，前几天他带几个同事也去了那家中餐馆，还向我绘声绘色地讲述了一番他们吃的东西如何美味，后来我才恍然悟到，他说的就是饮茶的点心。可遗憾的是，因为不懂吃法，他们每人要了一笼屉，各得其所地各吃各的。

我笑得前仰后合。

一顿午餐就一个口味，多枯燥啊！我说，真是浪费了这样的服务形式以及品尝更多点心的机会。随后，我给他讲了通常的吃法。他听后也忍不住笑了起来，还自我安慰地说，第一次没经验，以后会慢慢进步的。

看来，要想了解和掌握其他民族的习俗，绝不是一蹴而就的事情！

笑过之后，Gunter 说，该轮到他请我吃饭了。上次请他只是为了表达我的谢意，没有必要回请，因此我拒绝了。他却极其认真地坚持着，还幽默地说是想多见我一面。我仍推辞了几番，他只好假装生气地说，如若不然，他会觉得很失礼。

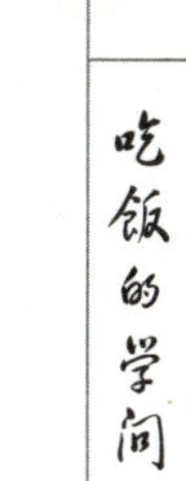

话已至此，实在不好再推辞了，于是我答应第二天中午一起吃午餐。

细心的 Gunter 特意打电话征得我的同意，预订了一家希腊餐馆。

第二天，我如约而至。

这家餐馆很大，装修十分高档且极具特色。餐厅的中央有一个别致的椭圆形酒吧，如若需要等人，可以先在那里悠闲地喝一杯，十分惬意！

靠近左面的墙角处，还有一个巨大的老式壁炉，火光正明暗不均地闪烁着，加之爵士乐节律有致的衬托，给我一种恍入好莱坞摄影棚的怀旧感。

在酒吧的尽头，Gunter 正坐在那里慢慢地喝着饮品。

在服务生的引领下，我们坐到了提前预留的席位上。闲聊了

几句之后，便开始点菜。

……

按照西餐的顺序，吃完头盘后，服务生送上了主餐。

Gunter 要的是羊排。他边吃边告诉我这里的羊排味道如何诱人，甚至在咀嚼的时候还故意微闭双眼，表现出津津有味的享受状，看得我垂涎三尺。

心情不错的 Gunter 侃侃而谈，我也情绪饱满地大赞这个餐馆的别具一格。

边吃边聊中，Gunter 无意中说出他不喜欢吃海鲜。

啊？这么说，那天请他吃的海鲜大餐根本不入他的口味。真是白费心思了，怪不得他想换菜。我心里有些懊恼！

不久服务生拿走了吃完的主餐盘子，送来了甜点的菜谱。Gunter 没有看，将菜单放在桌子上，继续兴致勃勃地讲着这个餐馆的设计和建造过程。

我边听边想，人家请客的都不点甜点了，咱也自觉点吧。

一会儿，服务生走了过来，先问我要什么，我摆了摆手表示拒绝，服务生又转向 Gunter，Gunter 马上说出了一种甜品的名称。我这才恍然大悟，他不看菜谱并不是不想点餐，而是因为他太熟悉这家餐馆了。

点完后，Gunter 并没问我是否需要尝下甜点，一副漠不关心的样子。

我心里有点不是滋味。

十几分钟后，服务生送来了 Gunter 的甜点。

他专心致志地一个人吃着，好像对面坐着的我根本不存在一样。我有种被冷落的郁闷感，甚至觉得过去那个热心、真诚的 Gunter 突然变得有些不近人情了似的。

吃了一会儿，Gunter 突然放下叉子，并带着指点迷津的口气对我说：“这个餐厅的甜食非常有名，品种也很多，你真应该试一试。”

我心想，既然这么好吃，为什么不帮我也点一份？事后赚好人，真不厚道！

一顿午餐竟改变了对朋友的印象，我有些不安。于是，我做出一个决定：把心底的疑问和盘托出，以确认这中间是否存在什么误会或文化差异。

于是，我试探着并用调侃的语气说道：“你不帮我点，我哪好意思啊？因为是你请客。在我们的风俗里，请客的一方是要照顾客人的，还记得我们一起吃饭的时候，可是我照顾你的哦。”

Gunter 听后笑了起来，他放下手中的叉子，直视着我。几句言简意赅却又寓意深刻的回答，不仅让我恍然大悟，更让我无地自容！

他说：“如果我帮你点的话，万一你不想吃，那不等于强迫你吗？就算你想吃，我点的若不是你喜欢的，也如同强迫你做不喜欢的事情一样啊！我会感到很对不起你，不够尊重你。所以，我不能替你做主。”

原来吃饭也讲究“人权”。看来上次请他吃饭是剥夺了他的权利，没有尊重他喽？如果说上一次还算是善意的“霸道”，那么这一次的“以小人之心度君子之腹”实在有些不齿……

每一个民族都有自己的特点和风俗习惯，我们无法用自己仰仗的准则去裁断他人，否则偏颇延展的误解，会让友情的元气悄然受伤。

爱,是可以这样纯粹的

1996年秋季的一个早上,吃早餐时老公告诉我,他的一位好友和丈夫要从新西兰来澳大利亚度假。老公不无怀念地说道:自从四年前去新西兰参加他们的婚礼,再也没见过,所以想请他们周六到家里做客。

听着老公的描述,我潜意识里觉得这是一位很好的异性朋友,于是好奇地问老公,是如何认识这位叫Jacqui的朋友的?

原来,他和Jacqui曾是同一家四轮驱动车俱乐部的成员。因为两人就职的公司都在金融大街的证券交易塔里,经常见面,加之Jacqui为人真诚、坦率,所以很自然地就成了好友。一直到Jacqui结婚后移居去了新西兰,两人的联系才逐渐减少。

老公还去书房找出一份旧报纸给我看,上面报道的是一位减肥成功的漂亮小姐。

我指着报纸上的照片,惊讶地问老公:“就是她吗?这么漂亮啊!又是大公司的文员,一定嫁了个好丈夫吧?”

老公诡秘地一笑,扔下一句,“不告诉你,等见面你就知道了”,然后就上班去了。

周五下班的路上,我一边开车一边筹划周六的安排。

回家后,先将周六的菜谱列好,再记下需采购的食物,然后吩咐老公第二天要办的事情。匆匆忙忙吃完晚餐,我便开始了卫生大扫除。

这可是老公远道而来的挚友，绝不能掉以轻心。我细心地整理、拆换、擦洗，马不停蹄地一直忙到半夜时分。

周六吃完早餐，去超市买完食物已接近中午，快速吃下几个薯片后，便开始着手晚餐的准备工作。

忙里偷闲的间隙，我还跑到衣橱间，翻箱倒柜地试了半个小时的衣服，最后总算选出一件比较满意的，并仔细地化了淡妆。

我希望这样的用心能够给老公的朋友们留下一个好印象，尤其对方又是一位天生丽质的大美女，再带上一位风流倜傥、洒脱俊朗的帅哥，咱也不能差距太大吧。我对着镜子自言自语。

时钟刚过五点，门铃就响了，终于等来了老公的好友和她的丈夫。我跟随着老公，急步走向门口，准备迎接远道而来的贵客。

老公打开了房门。

一个宛如仙女般美丽的女人站在我的眼前，高高的个子足有一米七三，长长的金发整齐地扎在脑后，一双碧蓝、深凹而传情的眼睛散发着柔和的光芒，挺拔且精致的鼻子下面是线条分明且饱满的双唇。她微笑着，光彩照人，让我陡生艳羡。

这样的女人谁不爱怜？

老公和 Jacqui 相互拥吻后，将我和 Jacqui 分别进行了介绍。我们如同早已熟识的老友，互相问候着、夸赞着，没有一点儿陌生的拘谨。

接着，轮到了 Jacqui 身后的老公 Stuart。

不是开玩笑吧？难道这就是 Jacqui 的丈夫吗？

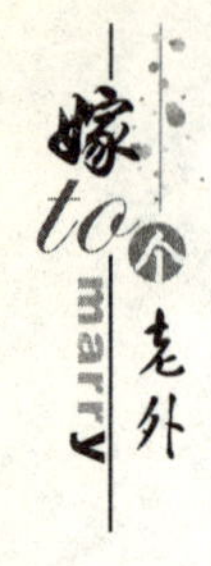

一瞬间，我的思维如同速冻的自来水管道，没有了任何的活性，完全凝固了！我像个机器人一样呆呆地站在那里！

数秒后，我才感觉到老公放在我肩上的那只手，赶紧强迫自己回过神来。眼前的情景宛如电影《巴黎圣母院》的活体宣传海报，Stuart 和 Jacqui 恰似影片中的男女主角：卡西莫多和艾斯梅拉达。这巨大的反差，实在让我难以接受！

我压抑住震惊，伸出微微颤抖的手，握住了 Stuart 粗短的手。此时，我的脸上一定写满了不自然，因为我无论如何也不会想到：那么美丽可爱的 Jacqui，竟然嫁给了一个侏儒！

那天晚上聊的什么，我已经记不清楚了，只记得他们夫妇恩爱的神情和幸福的举动。

Jacqui 一脸甜蜜，充满爱意且驯服得像个小女人般依偎在 Stuart 身旁。

坐进沙发里的 Stuart，整个下肢恰好平放在沙发上，两只脚紧贴着座位的前方边缘；他的胳膊伸直下垂时，刚好能触到沙发的座位。如果撇开那张成人脸，无论怎么看都像一个几岁的孩子。每次喝咖啡，他总要从沙发上下来，站在地上喝两口，再爬上坐回去。

整个晚上，Stuart 和 Jacqui 一直是手拉着手坐在一起的，有时他们还互相深情地对望着；讲到动情之处，Jacqui 会把头靠在 Stuart 的肩上；有几次 Jacqui 还凑过去忘情地亲吻 Stuart……

送走他们之后，我倚着关上的房门，闭着眼睛想了很久，感觉晚上看到的一切像梦一样不真实，好像是一个电影的情节或者书中的片段。

我的神志有些混乱，急忙跑到卧室，抓住准备睡觉的老公欲弄个明白。我带着满腔的疑惑问道：

“这个 Jacqui 怎么会嫁给一个侏儒呢？Stuart 是不是很有钱啊？”（我的惯性思维）

“当初他们认识的时候，Stuart 就是一个普通的电器工程师。”

“啊！那一定是他们家特别有钱吧。”我追问道。

“Stuart 的家境很一般。父母都是普通工人。”

得不到想要的答案，怎肯罢休！我还是不依不饶穷追不舍，继续问道：“Jacqui 的父母也不管，就这么同意了？”我的耳边响起一个电视剧中母亲的声音，“你敢嫁给他，我就死给你看。”

“这是他们自己的事情，父母也别无选择，只能献上他们的祝福。”老公继续慢条斯理地回答着。

“什么叫别无选择？听上去好像一点办法也没有了？”

“你说的没错，因为在这里任何人都不能干涉别人的婚姻。”

……

咳，文化的差异有时还真像无形的隔膜，梗在大脑之中，令人百思不得其解。我也只能作罢了，因为连我自己也不清楚：我到底想知道什么，我期盼的答案又是怎样的？

那个晚上，我辗转反侧、夜不能寐，Jacqui 和 Stuart 相亲相爱的一幅幅画面像幻灯片一样不停地在我眼前回放。

后来听老公说，他们的相爱过程其实很简单：

有一次，Jacqui 驾车去远郊爬山，结果汽车突然在一个前不着村后不着店的蹩脚处熄火了。正当 Jacqui 焦头烂额时，Stuart 恰巧开车路过，他马上停下车并主动帮忙，因其懂一些修车常识。在 Stuart 的帮助下，Jackie 的车子很快被修好了。

Jacqui 很感动，两人便互留了电话；数日后，Jacqui 邀请 Stuart 喝咖啡以表达谢意；再后来，两人就相爱了。就是这么简单，纯粹的心与心的吸引与崇尚，没有任何的附加条件。

我对老公说，如果我们爱着的他（或她）突然变成了残废，我们不难做到不离不弃，但是，从一开始就让我们去爱一个身体有残疾的人，却需要天使一样纯圣的灵魂、洁净的思想，尤其是在对金钱顶礼膜拜的当下。

我告诉老公，我很崇敬 Jacqui，她就是我心中的天使！

“忘本”

生活在海外的炎黄子孙，最怕被人说变了，忘本了。但随着时间的流逝，人会自然而然地适应环境，在思想、观念，甚至行为习惯上都会悄无声息地改变。这种潜移默化的变化，自己是难以察觉的，而久别重逢的亲朋好友却十分敏感。

好多年前的一个晚上，我接到老爸从国内打来的电话。一番仔细询问、耐心叮嘱之后，老爸告诉我，姑姑家的表哥要来墨尔本参观学习，让我一定好好接待。

我和表哥的私交一直很好，加之老爸的指令，怎敢怠慢呢？于是详细询问了到达日期，请了假，买了鲜花，一大早便去机场守候。

经过一个多小时的翘足期盼，终于接到了以表哥为领队的一行4人。

接风的午餐也不敢怠慢，知道表哥吃不惯西餐，提前数日我就预订了一家很好的中餐馆。澳洲的生猛海鲜也被我点了个遍，为了让表哥领情，我还大声宣布：不是公款哦。

午餐吃完后，我提议去市中心看一看。表哥却说想到我家坐一坐，想了解一下我的生活状态。

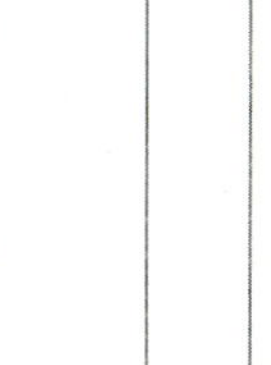

在国外呆久了，对这种不请自到的要求突然有点不太适应。可仔细一想，这不正是我们中国人常说的关心吗？真是笨蛋，难道

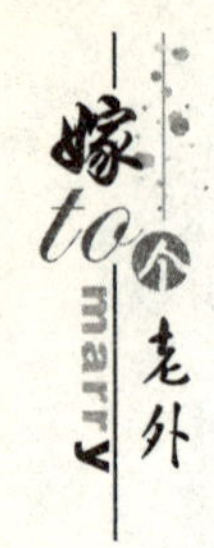

连这样的常识都忘了？我暗自在心里批评着自己，知错就改，我马上改变计划，载着全体老乡，一路说说笑笑，直奔家里。

老乡们从楼底参观到了楼上，表哥认真鉴赏仔细察看的同时，还不时地问这问那，直至最后看到表哥不停地点头，一副很满意的样子，各位老乡也发出了由衷的赞叹，我才像通过了上级部门的最终审核一样如释重负。随后，大家相继坐到了客厅的沙发上开始了闲聊。

我突然觉得有些口渴。于是，我问在座的各位要不要喝点什么，大家都摇头说“不”。我站起来，径直走到厨房，拿了一罐可乐，回到座位上独自喝了起来。

按照西方人的礼俗，客人到家里做客，当主人问他们喝什么时，他们会很准确地告诉你：可乐，水，茶或着咖啡，甚至加几勺糖，是否加奶等等，不想喝的则会如实地说不想喝。总之，不需要主人多想，他们认为这是彼此的相互尊重。

这和我们中国传统礼仪完全不同。在国内，如果客人到家里，若说不想喝，通常只是一种客气，表明不想给主人添麻烦，不一定是表达真实的想法。而主人不管客人怎样回答，都应该给客人倒一杯，以示礼貌……

显然，长期的国外生活，使我完全忘记了中国人传统的礼仪习惯，当我悠然自得地独饮时，根本没意识到这有什么不符合情理的。

我边喝边问表哥在澳洲的行程安排，并表示想带他们游览几处名胜。随后，我起身准备扔掉喝完的饮料瓶子。

这时，一位老乡忽然对我说：“大姐，能不能给我一杯水？”

我说：“没问题。”不过心里有点纳闷：刚才不是说不喝吗？

我马上端来了一杯白开水。把杯子递过去时，他快速地舔了

几下干燥的嘴唇，流露出很饥渴的神情，接过杯子一饮而尽。

原来他早就口渴了呀，我突然如梦初醒、恍然大悟：他刚才说不想喝不是真的不想喝，而是客气，是一种中国式的礼貌。

我赶紧回头看了一眼另外两位老乡，他们一定也很渴吧？

我突然有些愧疚，感觉怠慢了远道而来的老乡。我没有再征求他们的意见，立刻跑进厨房，以最快的速度又倒了两杯水分别送到他们面前，嘴里还不停地说着：“快喝吧，千万别客气。”

果然，两位老乡也都一饮而尽。

我尴尬地站在他们面前，像个做了错事的孩子一样不知如何是好，这时听见表哥发话了：“这还差不多，来了连口水都不给喝，怎么能只顾自己，不管客人呢？我看你是忘本了。”

我深感委屈，自己一路鞍前马后地忙碌着，没得到表扬也就罢了，怎么会被批评呢？而且还是这种数典忘祖的批评。

也许表哥只是说说而已，但自责却在我的心中翻江倒海地袭来。

事后，我也反省、检讨，甚至批判自己的不义劣行，可心中的抗拒感同样锐不可当，觉得不是自己的错……

也许，不存在谁对谁错的问题，这只是中西方文化的差异。虽然表哥的批评多少验证了亨廷顿的“文化冲突论”，但我还是持有异议。

钱钟书在一篇文章中说了两个笑话：

一个是《笑林广记》中的，说是有南北二人惯于说谎吹牛，一次，北方人吹嘘北方如何冷后，南方人则说：“南方热时，要是赶着猪走路，稍微慢了，猪成了烧烤，人化为灰烬。”

另一个是英国诗人《罗杰士语录》记载的笑话，说是一个印度

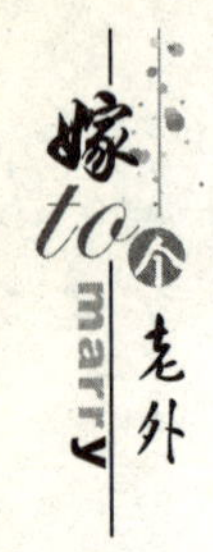

人请客，骄阳如灼，主妇甚渴，不一会竟然化为一堆焦炭。客人大惊，主人却声色不动，说这是经常有的事，对侍者说：快拿箕帚来，把太太扫走。

钱钟书通过这两个笑话，说明“东方西方，心理攸同”。

歌德也说过，“中国人在思想行为和情感方面几乎和我们一样”。诚然，在语言、生活、习俗、文化等方面，中西方的确存在着较大的差异，但透过这些外在的表层，可以触摸到共同的价值取向，那就是真诚、善良和美丽的心灵。

人们应有民胞物与的情怀，尽量消除误解，增强了解，促进和谐才是。

* 塞缪尔·亨廷顿：政治学家。他以《文明冲突论》闻名于世。他说：“在这个新世界，最广远、重要、危险的冲突，不会是社会阶级之间、贫富之间或其他经济性集团之间的冲突，而是属于不同文化实体的人民之间的冲突。”

澳大利亚最小的小镇

刚结婚不久，因为没有孩子的牵绊，老公提议：开车做一次别样的探险式旅行，目标就是澳大利亚中部的沿线沙漠，终极目的地则是戈壁之上的奇观——澳大利亚最小的小镇 William Creek。

驾车几千公里才能到达的那个世外桃源到底是什么样呢？我像小时候期待过年一样，兴奋地盼望着这次奇特的旅行。

准备工作比想象的要麻烦得多。幸亏曾经有过沙漠旅行的经验，只是这一次更遥远，也更艰险。

旅行所需的肉食要提前预订。肉店会根据需求，用特制的真空小袋装鲜肉，以便在汽车冰箱里储存和分批食用；蔬菜和水果则只能买速冻的或者罐头；为了减少空间占用率，主食只能以速溶土豆泥为主。

除了准备必不可少的食品，还要准备一周的饮用水、洗澡水以及桌子、椅子、帐篷甚至野营淋浴器，等等。另外还要购置一些应急工具，诸如铁锹、对讲机，预防可能出现的意外，事无巨细的就跟搬次家差不多。

远不止这些，接下来还要对汽车做深层保养，该换的换，该修的修。为了保险起见，我们还听从了车行的建议，买了一个全新的备用轮胎。

准备的同时，还要给有关部门写信，索取进沙漠的资料。像这

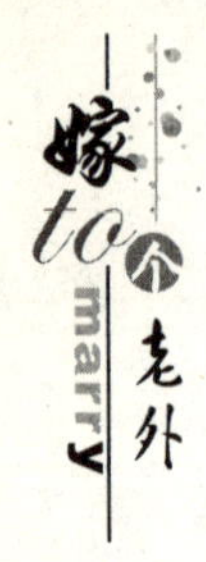

种杳无人迹的地方，很多澳大利亚人连听都没听说过，所以很难找到相关的资料。

大约两周后，终于收到了有关部门像卷宗一样的详细回复。除了介绍和图片，还告知对汽车类型的要求必须是四轮驱动，以及每一条到达路线的公里数和危险程度；还有道路的开放时间（如果天气不好，进沙漠的道路会封闭）；最后是应该知道的紧急救援措施。就连我们的车牌号码也随后做了登记。

这些，在过去闻所未闻，反而让我多出一丝莫名的担忧。

出发的那一天，天气特别好。我有种迎接挑战的感觉，心中的憧憬也随着车轮的前行变得越来越强烈，恨不能立刻就到达那个充满无尽悬念的小镇。

刚开始几天，因前行速度不是很快，对周边的感觉也有了循序渐进的适应，没觉出太大异样，直至进入深层沙漠，终于明白了什么叫人迹罕至。

我开始有了无根无蒂的与世隔绝感。有时，一天也看不到一辆车，偶尔看到一只袋鼠和我们并驾齐驱，这就是最动感、最亲近的陪伴了。假如哪一天突然发现有辆车从对面开来，大家便欢呼雀跃，相隔几十米就摇下窗户，热情地招手、问候，还会说几句彼此鼓励的话，那感觉绝不亚于见到亲人！

澳洲的苍蝇之多是众所周知的，沙漠里更是多得无法想象。记得有一次午餐时，我刚把食物放在桌子上，转头之间，黑压压的苍蝇已将食物几乎覆盖。我赶紧把毛巾搭在食物上。随后，老公从毛巾下拿出一块三明治放进嘴里，你简直想象不到，与此同时一只苍蝇也尾随着飞进了他的口腔。

随着路况越来越差，前行也越来越艰难，但是没有其他车辆的

影响，也没有时速限制，加大油门、一往无前的感觉也有种别样的刺激……

在沙漠中经过数日的颠簸辛苦，熬过了几个风吹日晒、栉风沐雨的昼夜之后，灰头土脸的我们，驾驶着被泥土覆盖的面目全非、惨不忍睹的“巡洋舰”，终于到达了澳大利亚最小的小镇。

那个以塑钢与木质框架为建筑质地的联体小屋，在沙漠中跳跃着，异乎寻常的亲切，就像在苍茫的大洋窥到一艘救生艇般让我们心驰神往。

在澳大利亚，每一个小镇的入口处都有一个介绍小镇情况的简介板，比如人口数量，小镇特点，等等。

汽车停在了连体房子前面。

我下了车，朝着小镇简介板的方向走去。我揉了揉被灰土迷住的双眼抬头望去，在人口数量一栏里，我看到了这样一个数字：“Two”。只要世界上不存在一个人居住的小镇，这里就应该是全球最小的城镇了。

我们朝着那个只有两个人小镇的标志性联体房子走去。

这是一间乡村感浓烈的，酒吧兼卖食品、日用品等杂货的小屋。进门后，让我联想到的第一个地方就是小时候老家村子里的供销社，只是这里的物质更丰富，设施更现代化一些。

吧台后面，看上去三十岁左右的一男一女正在不停地忙碌着。女的好像在调酒，男的正在清理台面。

他们应该就是这个小镇的全部人口了。我心里盘算着。

看见我们进来，他们立刻放下手中拿着的东西，从吧台里面快速地走了出来。

他们热情地问候着并亲切地询问起一路的情形。那份发自内

心的微笑与关怀是那么温暖而真实，让我不免有些感动！久违的亲切感飘然而至，我的感觉如同回家般美好。

吧台旁边还坐着两个年轻人，正在用一种我听不懂的语言交流着（后来得知是德国的探险者），看见我们进来，也用英语和我们打了一个招呼。

坐到了吧台前，老公要了一瓶啤酒，对着瓶口便喝了起来。我赞扬了他的粗犷豪情，自己要了一瓶可乐也仰头灌下。

旅途的疲劳在这开怀的畅饮中锐减不少。

一瓶可乐喝完后，我开始环顾这间沙漠小屋。猛然间，一个巨大的发现让我叫出了声，我简直不敢相信自己的所见，迅速眨了眨双眼，才发现周围的一切都是千真万确！

我被强烈地镇住了！

这个酒吧太别具匠心、独树一帜了！

原来，酒吧看上去像贴着旧报纸的整面墙壁，贴的竟是世界各个国家的纸币！

小镇的主人告诉我们：这些纸币都是到这里的各国探险者留下的。主人把它们贴在墙上，一开始是作为一种纪念，直至后来演变成了一种收藏和爱好。

让我更加难忘的是，在一个密密麻麻的角落，我居然发现了一张很老版本的（小时候好像见过）中国一毛钱的纸币……

回来的路上，仍处在兴奋中的我，犹如打开了好奇链，不停地问老公关于小镇的一切：

“他们是怎样维持日常生活的？比如每天吃的食物，店里卖的物品从哪里进货呢？”

“听说他们一个月采购一次，用他们家自己的小型直升机。”

“啊！他们家还有直升机啊！难怪东西那么贵，一包平常也只卖两块钱的薯条在这里要八块，汽油价格是外面的三倍多。把东西运到沙漠里的代价真够大的。”

老公冲我笑笑并点了点头。

“如果他们生病了，怎么办呢？邮局如何送他们的信件呢？”

“澳洲有一种医疗服务叫‘Flying Doctor’（空运医生），就是在一些偏远地区，可以用直升机将医生送去。至于邮件嘛，可能一周送一次，也可能一个月送一次，取决于信件的紧急程度。”

“路边竖着的一个个简易电线杆，还有地下管道都是专门为这个小镇接通的吧？”

老公又点了点头。

“从最近的那个镇接过来也要六百多公里。为了这两个人，浪费多少国家资源啊，他们真幸运！”我不无感慨地说道。

老公又笑了笑。

我好奇地继续提问道：“如果这两个人将来有了孩子，怎么上学呢？”

“过去肯定是用Radio（收音机）授课。我小时候有个朋友也住在偏远的农庄，就是用Radio上课一直到小学毕业，不过现在肯定改用网络了。”老公解释道。

“哦”,我应和着。

突然,我好像发现了牛顿第八定律似的惊喜地吆喝起来,然后笑着对老公说道:

“你别说唉,如果他们有个孩子,这个小镇的人口可就一下子增加了百分之五十啊!”

老公忍不住大笑了起来。

……

十几年过去了,小镇之行的一幕幕仍然镶嵌在我的记忆中。那一望无垠的沙漠,那小镇标志性的连体小屋,以及那酒吧小屋里,我从未见过的世界上最奇妙、最特殊的五彩十色的“墙纸”,当然,还有小镇居民——那对纯朴善良的夫妇纯净的笑脸……

特殊的邻居

在澳大利亚经常会有这种情形：当你搬到一个陌生的地方，周围的邻居尤其是澳大利亚人，总会主动找机会和你认识，除了友好的自我介绍，说一些欢迎之类的温馨话语，有的还会送上卡片、鲜花甚至礼物。

我搬到老公家时，虽然他住在那里已经六年多了，但周围的邻居在得知我的身份后，也都先后热情地过来打招呼并送上真诚的祝福，这让我倍觉暖意。

斜冲着老公家的马路对面，有一栋古老、典雅的西班牙式老宅。它傲视群雄地矗立在整条街道的中央，显得异常醒目而独特，如同受宠的绝色佳人，总是吸引着每一个过路者的目光。

这栋房子里住着一对朴实的澳大利亚夫妇和他们的两个女儿，女主人叫 Jenny，小女儿叫 Chelsea。他们一家对我尤为热情。

Jenny 一看就是个温柔的贤妻，圆圆的脸上总挂着微笑，洋溢着与生俱来的善良；随意披散的卷发，透露着质朴无华的简单。她虽然不是特别漂亮，却让人感觉极其和蔼可亲。

九岁的 Chelsea 俨然一个可爱的小精灵。Jenny 告诉我，Chelsea 最大的理想就是长大后当一名警察。

难怪经常看见放学后的 Chelsea 穿着“警察服”便装在街上晃来晃去，腰里还别着“警棍”，手里拿着“手枪”，酷似一个正在执行

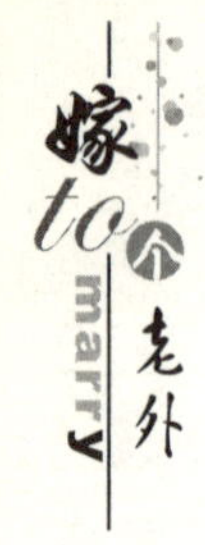

任务的压缩版警察，真是又淘气又滑稽。

还记得第一次和 Jenny 见面时，刚说了几句话，她就跑回了家。我莫名其妙地等在那里不知何去何从。一会儿，Jenny 手里捧着一个香浓的蛋糕又跑了过来，说是特意为我做的。

这让我很高兴，也很惊讶，并暗自庆幸能碰到这么好的邻居。之后，我也偶尔多做一碟寿司或者多包一盘水饺给她送去，还向她传授一些中餐的制作方法。

记得有一次，Jenny 想学做寿司，可她没有卷寿司的竹帘，我就把我的借给她先用，第二天又买了一个新的送给她。开心的 Jenny 说了无数遍的谢谢。

随着交往的逐渐频繁，我们的关系也变得越来越亲密。

有一次，我和老公要去新西兰旅行，原计划去十天，可临走时才得知，若多呆两周就能赶上老公九十五岁爷爷的生日，于是我们又紧急追加了两周假期，将行程延长为一个月。

这么长时间不在家,我很担心刚买的那些室内花草因无法浇水而死掉。

老公说:“不会的,可以让 Jenny 过来帮助浇水。”

“不太可能吧,她怎么进家里呢?”

“把钥匙给她不就行了。过去我出远门的时候都是这样,Jenny 家也是。”老公很轻松地说着……

一个月后的那个周六,我们从新西兰回到了墨尔本。

打开家门,房间收拾得整整齐齐、一尘不染,连地毯也吸过了,印痕还清晰地停在上面。桌子上的花瓶里插着很多盛开的鲜花,像是刚从花园里采摘不久的,露珠尚在。我走到那些新买的花草前,看到每一片绿叶都丰硕而饱满,还长大了不少,真的是喜出望外。

看着眼前温馨的一切,我由衷地感激 Jenny,不停对老公说,有这样的邻居真是我们的幸运!

我立刻从皮箱里找出给他们带的礼物,催促老公赶紧送去并叮嘱千万别忘记付 Chelsea“工钱”,而且一定要给“小费”。原来临走之前,老公和 Chelsea 商谈了一个合作项目——Chelsea 每天放学后到我家喂猫,我们就不必去猫旅馆接送了,还能省下不少钱,Chelsea 则可以赚一笔可观的零用钱。

我把全部的行李整理归位,又洗了澡,看了一会儿电视,才听见老公开门回来的声音。

“怎么去了这么久?”

“碰到 Jenny 的妹妹了,好多年没见,所以多聊了一会儿。”老公若无其事地说着。

“你还认识 Jenny 的妹妹?”我瞪着眼睛,诧异地问道。

“Jenny 的妹妹是我的前妻,我没告诉过你吗?”

“什么?”我僵直地站在那里,以为自己听错了。

……

得到确认后,我恼火地走到老公面前,将手里的杂志愤然摔在地上,几乎是声嘶力竭地嚷道:“简直让人无法忍受!为什么不早告诉我?如果我知道Jenny是你前妻的姐姐,我绝对不会和她走这么近的!”

这也太过分了,为什么不事先告诉我!我气不打一处来,扭头就去了睡房,门也被我重重地摔上了。我像一只点燃的爆竹,尽情地释放着愤怒转化成的能量。

直挺挺地躺在床上,大脑却百转千回地胡思乱想,除了痛恨老公的隐瞒,也对Jenny心生敌意,甚至认为Jenny一直是在演戏,她对我的好也是虚情假意,其实是在取笑我。

怎么可能和曾是自己亲妹妹的丈夫的现任妻子做朋友?看着曾经的妹夫对另一个女人爱恋有加,又如何接受?

我绞尽脑汁,无论如何也想不通!我翻来覆去,心乱如麻。

……

此时,Jenny真诚的笑脸和每一个善良的举动又重现眼前,我又想起了那次周末野营发生的事。

出发之前,我将一周的衣服全部洗晾在后院,可是到家后发现所有的衣服都不见了。原来走后的第二天突然下起了大雨,Jenny在收取自家衣物的同时便想到了我们,于是跑到我家后院将我们的衣服也一起收了起来,并将两大筐的衣服全部熨烫好,叠得整整齐齐。

……

一幕幕的画面让我又开始质疑自己的推断。

这时，突然传来了几下敲门声，随后老公走了进来。他慢慢地坐在我身边，一副不知所措的样子，怯生生地说，没想到我会这么在意这件事，并做了极其诚恳的道歉。

然后他耐心地告诉我，他从未觉得这是一件大不了的事，还说很多澳大利亚家庭都有类似的情况，大家都能从容面对。

“你的意思是说我太狭隘了？我倒觉得像被你们两个欺骗了。”我仍然带着受害者的口气说道。

“你仔细想想，如果真想骗你，我干嘛今天要告诉你？”

见我不出声，老公便循循善诱地开导我，用迂回的方式讲起了别人的故事，带我走出狭小的思域。

老公有一个叫 Peter 的朋友，也和妻子离了婚。数年后，Peter 和前妻又都各自重新组建了新的家庭，但他们一直是好朋友。

当 Peter 的第二任妻子分娩的时候，他的前妻也赶到了医院，她紧握住第二任妻子的手说：“你要坚强，你会没事的，因为我们都爱你！”

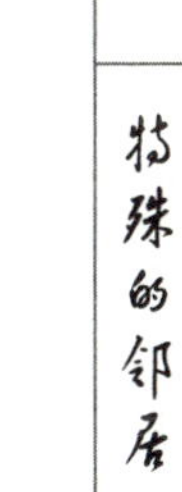

还有一对离婚的夫妇，男的竟然搬到前老丈人家暂住，而且一住就是两年。

老丈人说，他一直很喜欢前女婿，孩子们离婚是他们自己的事情，根本不影响他和前女婿的友情。所以，当他看到前女婿因车祸而骨折，无法行走，需要照顾的时候，就毫不犹豫地让前女婿住到了自己的家里……

是我太狭隘？还是文化的差异？连我自己也说不清楚！

几年之后，儿子出生没多久，我们搬离了那条让我永生难忘的街道。

搬家的那一天，晴空万里，风和日丽。可是，妩媚和煦的阳光却无法驱除横亘我心间的深深感伤，我含泪拥抱着前来告别的Jenny一家，心中溢满无比的凄切与酸楚。我告诉了Jenny新家的地址并邀请他们全家去做客。Jenny也难过地流下了热泪，她告诉我，她会非常想念我们的。

临走时，看着从容的老公幽默、得体地与邻居们告别，我突然对他的那份浑然大气浸染出的雅致生出无比的敬意。

生活常常环扣着传奇，有时就是这么奇妙！包容是打开真情的密码，气度是演绎精彩的感动。

“无商不奸”

有一年，我和老公去西安旅行，观光结束后，在当地导游的热心推荐下，我们去了一个著名的古玩市场。

老公非常兴奋，买了很多小件物品，什么胭脂盒、小瓷碗、铜水壶，还有几本《最高指示》和《毛主席语录》。他最喜欢的是经过精挑细选的几幅旧画，其实就是三十年代电影明星做香烟广告的海报。

老公拿着这些画，爱不释手、如获至宝，就像孩子抱着自己最心仪的玩具一样不肯松开。连托运都免了，他精心地将它们收卷在一个纸筒里，一路兼程，亲自背回了澳大利亚。

后来听朋友说，那些画其实都是仿制品，之所以卖给我们的价格高是因为老公是“老外”，不懂行情。

我没有对老公说出实情，怕扫他的兴。

回到澳大利亚后的一个周末，老公查找了一家很考究的画框专卖店，打算为这几幅画专门订做画框。

我立刻想起了朋友说过的话：“这种画最多值百八十块。”心想，订做一个画框起码也要几百澳元，花费如此巨资去装裱一幅几十块钱的画，实属不妥也不值，于是就对老公说，还是算了吧，买几个画框我们自己放进去就行了。

情绪尚浓、正津津有味地欣赏画卷的老公，哪肯同意如此马虎的建议，一口回绝，甚至表现出极其不悦的情绪，似乎我在建议开

奔驰的人去地摊买西服,拿着大茶杯品尝白兰地一样,不懂品位,不伦不类。

咳,真是有口难辩!我又旁敲侧击地说了一番,毫无功效。见老公的态度异常坚决,我只好答应一起去,心想起码可以帮着把把关。

于是,我们一起去了老公找的那家画框专卖店。

老板是一个很谦和的瑞典人,戴着一副眼镜,五十几岁的样子。他很热情地接待了我们。

看过画之后,他开始不厌其烦地给我们讲解、对比和演示,从画框的外部感觉到各种材料和颜色的选用,还有内部压边纸的处理等等,都给了很多行家的建议,让我们受益匪浅。

可是一看老板递过来的报价,我顿感狼狈。每个画框平均近五百澳元,我在心中快速地换算,要三千多人民币,心想也太不配套了吧!于是,趁着老公去另一个房间选择颜色纸的时候 ,我赶紧跑到老板面前,并悄悄告诉他:“这三幅画并不值钱,都是仿制品,只要做得看上去比较精致就行,不需要太昂贵的装裱。”见他心领神会,我稍感宽慰。

老公走了出来,告知了颜色纸的最终选择。老板又认真地重新核算了一遍价格,给出了百分之十的优惠。虽然折扣很小,可总比原价让人舒心吧。我无奈地琢磨着,不得不勉强答应了。

随后,我们又从老板推荐的三种做法中,选择了一种最喜欢的装裱方式,我签了合同,交了押金,这事儿就算定了下来。

两天后的一个上午,大汗淋漓的我正在健身房锻炼,突然接到一个陌生人的电话。听了半天才弄明白,原来是画框店的老板打来的。

正当我莫名其妙之时,就听他说,他此刻正在做我们的画框,因受几个月前一个客人定做类似古董画的启发,他突然想起一种新的装裱方法。他还说,上次提供的三种装裱方式都不如这一种,

并且详细讲述了新装裱方法的制作过程。最后问我，是否同意用这种新方法？

我不解地问：“如果按照新的装裱方法，从外观上看和原来选定的那种有何不同？”

他的回答是：“几乎一样，只能更好。”

我想，肯定是想多收钱，否则干嘛打电话呢？从他的描述里，我已经感觉到了这种新做法的复杂。

最痛恨唯利是图的商人。当时就说了是仿制品，无需精工巧作，竟千方百计找借口，真是让人无法忍受！想到此，我提高了嗓门，带着不胜其烦的语气，再一次强调道：“那几幅画都是仿制品，没必要做得很精细，不值得花太多的钱！”

“价格完全一样”，老板真诚的声音从话筒里传了过来。

他的回答出乎我的预料。我支吾了半天，不知说什么才好。

可能是听出了我的不解，他告诉我，他打电话的目的只是想让我知道并征得我的同意。这种新方法虽然有些麻烦，但针对这几幅画，这种做法的效果会是最好、最完美的。

仅此而已。

一个小本商人，能不计较这些额外的（手机）费用和时间，以及更繁杂的制作过程，只求为客人做得完美极致、精益求精。这不免让我有种莫名的感动——这样的职业道德实在让人赞叹和敬佩！

在我的惯性思维里，总觉得无商不奸，尤其是小本商人更应该计较刻薄才对。可是这个画店老板却让我对商人有了全新的认识，而之后发生的另一件事，更让我改变了以往的看法。

一次，一位朋友带着女儿到家里做客。临走时，朋友想给两个可爱的孩子拍照留念。

我也拿出相机拍了几张，准备拍最后一张时，突然相机卡出现

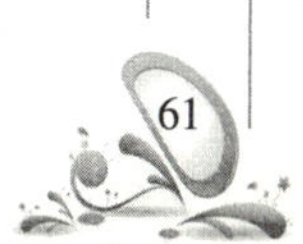

了问题。我拿出相机卡认真检查清理了一番，再放回去，屏幕仍显示同样的问题，折腾了几次，均属徒劳。

朋友说可能是上面的接触线板损坏了。

把朋友送到车站后，我拿着相机去了旁边一家购物中心的照相器材店。

一个澳大利亚老板接过相机，对相机卡进行了认真的检查后，他开始用小工具仔细地敲打，耐心地测试。

时间很快过去，我身后又出现了两个排队等候的客人。可是，那位老板仍然不慌不忙地修理着我的相机卡，没有因此而敷衍，直到帮我修好，连同相机一起交还给我，才开始服务下一个客人。

在澳大利亚通常是这样的公共规则：当你被服务时，下一个等候的客人无论轻重缓急，都需安静等待；而服务你的人，也不会在服务你的同时招呼下一个客人。

他没有收我的钱，而是马上就招呼下一个客人。我只好腾出位置给下一个客人，站在旁边，心想等客人走了再说吧。

但令我不解的是，所有客人都离开了，那个老板还是不理我，并走向旁边的橱柜整理东西。我只好主动提醒道："对不起先生，我应该付您多少钱呢？"

他表情淡然、平和地说了一句："It's free(免费)."

一种温馨的感动和由衷的钦佩溢流心间。我愣在那里许久，不知怎样才能表达自己的感激，只好在店里随意挑选购买了一本小相册以表达我深深的谢意。

看来"无商不奸"并不是定论，更不是放之四海而皆准的真理。

亲情依然

Catherine 姑姑是老公最喜欢的，也是家中最小的一位长辈。我们第一次去新西兰旅行时，曾与这位美丽可人的姑姑有过很短暂的一面之缘。

老公说，Catherine 姑姑不仅长得柔和、甜美，也很知性、善良。可能年龄差距不是太悬殊的缘故，老公从小就喜欢和姑姑诉说心事，善良的姑姑更像是一个大朋友。小时候只要公婆不在，都是 Catherine 姑姑去家里照看老公，姑姑对他可谓疼爱有加。

老公还讲了一件感人至深的事情：在他第一次婚姻失意时，Catherine 姑姑曾在一周之内连续写了三封信，除了安慰和鼓励，每封信里都有这样一句话：I will always be there for you.（任何时候我都会在你的身边支持你。）

有一年初夏，Catherine 姑姑打电话说，她和姑父要来澳大利亚旅行，计划在墨尔本停留四天，并说很期待能再一次见到我们。

得知这个意外的好消息，我兴奋地开始了接待的筹划和前期准备。

首先挑选了一间最好的客房。床上的所有用品全部是新购置的；衣柜里的挂件也全部换成了清一色的木质衣架；床头灯换成了能调节亮度的……我还准备订购一束鲜花，放在房间的书桌上，意在使姑姑和姑父感觉到：他们是非常受欢迎的。

看着布置好的房间，我暗自得意。心想，只有这样的礼遇，才不至于委屈了这位人见人爱的姑姑。

晚上，我把下班回来的老公领到客房，本想给他一个惊喜以换取几句赞美之词。没想到，他看了一圈之后却说："你就别忙了，他们不会住我们家的。"

"为什么？"我满腹疑惑地问道。

"他们不想麻烦我们，也不想打乱我们的正常生活。"

"可是并不麻烦啊，而且只有几天，无所谓的。"

我怏然不悦，情绪一落千丈，就像儿子正在玩的电动小火车，突然拔掉电源一样，没有了动力和激情。

见我郁闷不解的样子，老公安慰道，大部分西方人都是这样，让我别为这种小事不开心。

我想起了小时候，偶尔有亲戚从外地来，搭张临时床或者几个人挤在一起的情景，觉得那种亲密无间的感觉才够情意。现在家里有如此多的住处，亲人们却要住在外面，我有些想不通；加之我煞费苦心已布置妥当，所以临睡前我和老公又唠叨了几遍，希望他们能够住在家里。

姑姑和姑父到的前一天晚上，我非常认真地看了天气预报，想象着第二天该穿哪件衣服去机场，然后问老公："明天我们几点接机？"

老公不慌不忙地说："飞机下午三点到。不过我已经问了，他们说不用接，叫辆出租车既简单又方便。"

看来不仅不用住在家里"打搅"我们，连接机的"麻烦"也给化解了，真是替我们着想啊！可是，我却感觉不到这份善解人意，只觉得拉远了距离。

他们到的那个晚上，我和老公赶去酒店看望他们，姑姑和姑父非常高兴。姑姑拿出了给我们带的礼物，还特意带了治疗老公骨质关节炎的专用药膏，且不停地询问和叮嘱老公，那份关爱、疼惜的程度如慈母般真挚而细腻。

然后，我们去了老公提前预订的一家西餐馆，一起吃了一顿很正式的晚餐。结账时，姑姑不停地说太贵了，想付至少一半，姑父也满脸真诚地在旁边附和着。

这怎么可能！请远道而来的姑姑和姑父吃顿饭，还不是理所当然的，况且又是老公深仁厚泽的长辈，他们的要求被我坚决地拒绝了。

看我态度坚定，脸色骤变，姑姑只好收起钱包，带着无限的感激，说了很多致谢的话。客气得让我差点误以为请的是同事或者邻居。

饭后我主动提出，第二天不上班，想带他们出去转一转，来一趟不容易，希望能给我们一些机会孝敬长辈。这次总算没有异议，老俩口高兴地答应了。

“十二门徒”是墨尔本排名第一的旅游景点，我兴奋地提议去那里。姑姑担心去那么远的地方会影响我们休息，因为三百多公里的路程肯定要一早出发。经过我们不懈的坚持和解释，最终总算决定去“十二门徒”。

……

从“十二门徒”往回返的时候，尽管累了一天，但姑姑和姑父的情绪依然高涨，他们兴致浓郁，畅谈不止，不停地讲述着“十二门徒”带给他们的震撼。

看到他们如此兴奋，我也非常开心。

（值得一提的是：一年之后，那里矗立着的十二块海中奇石，因为长年风化的原因突然坍塌了一块。所以，那次也是我们看到的最后一次完整景致。）

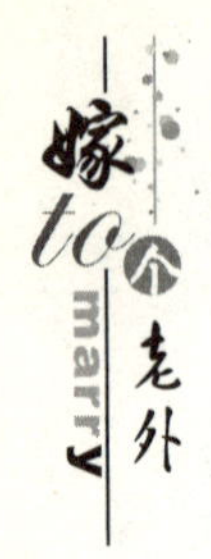

车开到墨尔本市区已经接近晚上六点了。我和老公提议，一起吃顿简单的晚餐，再把姑姑和姑父送回宾馆。

话音刚落，老公还没回答，就被姑姑和姑父抢先拒绝了。其态度之坚定，语气之果断，声音之洪亮好像不是请他们吃饭而是带他们去做违法乱纪的事情一样，没有任何商量的余地！

我偷偷看了看老公，心想，还是等他回答吧。我的亲朋好友，我决定；他的亲戚还是他决定吧，而且共同的语言和思维习惯，劝说起来也更方便。

老公想了片刻，然后说道："那就直接去宾馆吧。"

把姑姑和姑父送回宾馆，饥肠辘辘的我们立刻去了马路对面的一家快餐店。吃饭的时候，我有些心怀不满地对老公说：

"你是不是太冷漠了？姑姑和姑父千里迢迢来一趟多不容易，又是你最喜欢的长辈，还那么大年纪，你这样对他们是不是太薄情寡义了？"

老公笑了笑，说："可能习俗不同吧。再说，给他们自由的空间，让他们做自己想做的事情，不是挺好吗？"

"再自由也要吃饭吧，哪怕在这里吃完快餐，再送他们回去也行啊！"我放下手中的勺子，带着不满的情绪说道。

"你就别多想了，他们会照顾好自己的。"老公一副嫌我瞎操心的模样。

我气恼地瞪了他一眼，刚想再"教育"几句，转念一想，他的亲戚，还是随他好了。

回到家里，汽车停进车库后，我一边拍打着僵硬的后背，一边打开了后座车门，准备把一路积攒的垃圾拿出去扔掉。

我把地面的垃圾装进袋里，又清理了座位，然后准备把厚重的地图册放回车门旁边，突然，我的双瞳被拿在手中的地图册吸引

住了。

怔怔地端详了好长一会儿,我才慢慢地抽出了那张夹在地图册里的百元纸币。我晃动着纸币,无限诧异地问老公:“这是怎么回事?”

老公想了想,非常肯定地说道:“应该是姑姑和姑父留下的。”

真是莫名其妙!

我将那张百元大钞拿在手里,第一次感到钱也有不招人喜欢的时候。心想,这可怎么办呢?该吃饭时,却将他们送回了酒店,现在再收下他们留下的一百元钱?这算什么!

我将那张百元大钞放在老公的手里,不容置疑地说道:“我们不能收这个钱,必须退回去!”

老公点头表示同意。正在这时,老公的手机突然响了,是Catherine姑姑从酒店打来的。

她首先对我们一天的辛苦忙碌表示感谢。然后告诉老公,汽车后座的地图册里夹着一百元钱,是他们留下的,让我们加点汽油。还说钱很少,他们只是表达一下感激的心意……

整整一个晚上,我一直在心里感叹着中西文化的不同,探究着它们的共性与差异、利弊与良莠。

10年后,也就是去年,老公的一个舅舅和舅妈又要从英国来墨尔本。这一次,我没像上一次那么忙碌,只是平静地等待着他们的到来。

他们仍然住在酒店。到的那个晚上,我们也是一起吃的晚饭。还是商量好了第二天带他们出去,不同的只是由“十二门徒”变成了远郊的野生动物园。

第二天早上起床后,我突然觉得很不舒服,浑身发冷关节酸

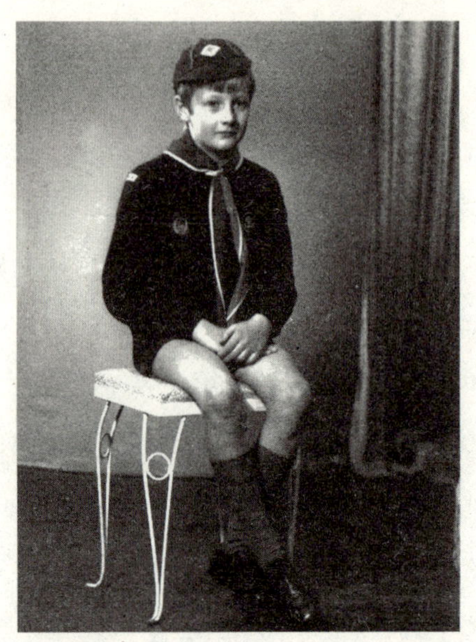

痛，一量体温，有点发烧。老公建议我呆在家里好好休息，他和儿子陪他们即可。

如果换成上一次，即使带病我也会坚持前往的，否则会有种冒犯长辈的大不敬感觉。但这一次，我没有强迫自己，而是听从了老公的安排。

我一直对西方人之间的亲情关系甚为好奇。这种情感上的亲意浓浓，而金钱上又互不瓜葛的往来，常让我想到“君子之交淡如水”。

带着这份探究的好奇心，我问晚上回家的儿子：

“今天在动物园，谁买的门票呢？”

儿子说：“是爸爸。”

“那么中午你们吃的什么？谁付的钱呢？”

“吃的热狗，是皮特爷爷买的。”

……

这一次我没有诧异，也没有质问老公为什么。

误解，不可小视

刚到国外时，感受最深的就是交流上的困难。这不仅给学习生活造成许多的不便，甚至还会产生一些误解。

记得有一次，我和老外聊天时用了“自主创新”一词，他们就面露困惑，问我为什么要采取不合作的态度，非要闭门造车呢？

这种误解不单纯是语言自身的原因，还有一些是文化观念上的差异造成的。例如，对我们中国人而言，“龙”是吉祥而神秘的，但是翻译为英语“Dragon”则是满嘴喷火的巨蜴，与吉祥的意思相去甚远。再比如“宣传”一词，对应的英文是 propaganda，含有强词夺理的意思，完全是贬义。

这种文化观念的差异比比皆是。也就是说，即使学会了外语，也会因为观念、思维、习俗等等的不同，造成交流上的困难和误解。

记得我和老公刚认识不久，因故发生了一次争吵，老公便写信向我道歉。他的信言简意赅，直来直去；而我的回信温婉含蓄，在他看来却是绕来绕去，让他越看越糊涂，甚至误解了我的意思，以为我要分手。

后来，老公开玩笑说，这种差异真是“害人不浅”。他表示，只有承认差异，才能相互了解，增进感情。

老公说的很对,消除不同文化差异所造成的误解,最好的解决办法就是彼此尊重。而用自己的价值观主观臆断、凭空揣测,则是误解的根源。

不久前的一个晚上,一位女友打电话给我,说是寻求紧急帮助。原来,她女儿找了一个澳大利亚男朋友,女友有些担心,总觉得西方人不太可靠,所以想做一些咨询。

女友毫不掩饰地说:"好像西方人对待感情很随便,不像我们中国人那么严肃。"

我笑了,说道:"你觉得我们很严肃,可是对于某些人来说,我们也被认为随便。"

女友惊讶的声音从话筒里传出:"不会吧,我们接受的可是几千年的传统教育,竟然还有人说我们随便?"

闻听女友不相信的声音和疑惑的语气,我给她讲了一个小故事:

我外甥在悉尼有一位生意伙伴,他来自信仰伊斯兰教的国家。一次,因为业务的原因我外甥要去悉尼与他详谈,这位生意伙伴非常热情,让我外甥住在了他的家里。

外甥非常不习惯,因为这位生意伙伴无论走到哪里,都必须带着他,即使有时他并不想出去,尤其是一大早想多睡一会儿的时候。生意伙伴得知我外甥的想法后很惊讶,认为我外甥太随便了,并斩钉截铁地对他说:"绝不可以。"

原来,在伊斯兰国家的行为规范里,他的太太绝不可以和他以外的任何男人单独相处。

……

朋友听得直叹气并连声说不可思议。我笑着调侃道:"那么西方人又如何接受你的评价呢?只是参照物不同而已。所以,有时

还真不能随便定义我们不了解的事情。”

朋友沉默了片刻。看来这个故事起了一些作用，于是，我趁热打铁地又讲了一个故事：

有一次，我去参加姐姐的一个意大利亲戚举办的派对。接近尾声时，大家开始欢快地起舞，几个八十多岁的老爷爷也颤颤巍巍地合着音乐一起扭动了起来，不仅如此，他们还不停的“挤眉弄眼”。

这是典型的意大利民族的特点——浪漫、热情、奔放。

如果是一个不了解他们民俗的人，比如在我的老家，那些老爷爷肯定会被指责是为老不尊、“没有老人样”，甚至“老不正经”。

……

女友终于长舒了一口气。并说，她受了很大的启发，担心也消除不少。我听后也感到由衷的高兴。

不同的文化是在不同的社会发展历程中形成的，诚如“中国是陆上文明，而西方是海上文明”。虽有差异，却谈不上孰优孰劣。

任何民族和国家都不可能甩脱自己的传统文化。既然如此，那就应该彼此尊重，只有这样才能加深理解，避免误会，共创世界文明。

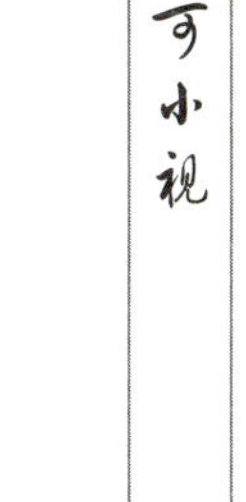

“爱管闲事”的人

我的一位好友曾经遇到过这样一件有趣的事情。

有一次，他驾车外出旅行，半路不小心和另一个人撞了车。两个当事人站在可供停车的白线之外，正谈论着如何处理时，一个路过的老外突然将车停在了他们旁边，然后急忙下了车，并走到他们面前问是否需要帮助。

我的朋友表达谢意后，笑着告诉他不需要，因为已经报警，正在等待警察的到来。

那个老外便掏出一张自己的名片递给我的朋友，并告诉我的朋友，如果将来需要作证的话，可以联系他，因为他是目击者……

这样的见义勇为之士，在澳大利亚真是为数不少，很多老外都有这种正义之心和社会责任感。

记得有一年的圣诞节，我们约了一对夫妇一起吃饭。约好了中午 12 点，可等到 1 点多他们还是没到（那个年代没有手机，也无法询问）。就在我们焦急万分的时候，他们气喘吁吁地赶到了。

一番道歉之后，他们讲了事情的经过。

前天，他们开车去乡下的农场，想在圣诞节前把农场彻底打扫一遍。当他们途经高速公路出口时，发现有一辆汽车似乎受到重创，斜靠在路边，并且车门是打开的。

夫妻俩急忙将车开到旁边，想看看是否有人需要帮助，结果发现里面空无一人。

可能已经处理妥当了。夫妻俩这样想着，就没下车，直接将车开去了农场。

两天后当他们往回返的时候，发现那辆车仍然纹丝不动地停在那里，如此反常的情形引起了夫妻俩的高度警惕。于是，他们在附近下了车，先在周围仔细观察了一番，又走近那辆车，前后左右认真检查了一遍。最终他们认定：这辆车有可能是坏人用来作案的工具。

夫妻俩商量的结果是：立刻给有关部门打电话，可是，找遍了周围的几条街道也没发现电话亭。这可急坏了夫妻俩，最后他们只好开车又回到了二十多公里以外的农场，查找出有关部门的电话，打完后才匆匆赶来的……

我不禁对他们肃然起敬！我们身边需要这些"爱管闲事"的人，实际上，他们把闲事当成了自己的事。

之后还发生了一件事，不仅让我更加敬佩这些"爱管闲事"的人，还让我知道"管闲事"已蔚然成风。"爱管闲事"者大有人在，而且就在我的身边，这让我深感自豪。

有一次，我的一个法国同学请我去家里做客。

那段时间老公特别忙，所以我打算自己一个人去。吃饭的前一天，同学打电话叮嘱，让我务必带上老公。还说希望两位男士能够认识，因为她老公和我老公一样也很喜欢滑雪和野营，将来可以四个人一起出行。

我和老公商量后，他重新做了工作上的安排，第二天我们便一起去了同学家。

同学的老公叫James，戴着一副眼镜，非常斯文，略显柔弱的样子。可不知为什么，我总觉得他酷似国产电影中经典的叛徒，尤其是用手推眼镜的时候，镜片下转动的眸子好像还闪着狡诈的余光。我为自己奇特的感觉差点笑出声来。

人不可貌相，看上去像反面人物的James却有一手好厨艺。色、香、味俱全的法式大餐，从采购到制作全是他一个人张罗的。让我们尤为津津乐道的是最后的甜品，James将上面点缀的奶油，巧妙地用各种色彩做成了不同形状的笑脸，再配上各色的水果，真是栩栩如生。

“一看就是个充满阳光、积极向上的人，有这样的老公真幸福！”我对同学夸赞道。

我们边吃边聊得正开心，James突然很着急地走向客厅，迅速打开了电视机。还回头建议我们一起看一个叫“Four Corners”的节目，且不停地说，这个节目一周只播一次，坚决不能错过。

老公对这个节目也很熟悉，一听马上跑了过去。两个人边看边畅谈过去观看节目的心得，有点“酒逢知己”的感觉。

这是一个讲述澳大利亚历年来未解悬案的专题节目。每周讲解一个案例，包括案发起因、案件过程、罪犯逃逸的最后地点，以及

罪犯的长相特征等等，一共一个小时的播出时间。

对我来说，看这样的节目简直像受刑。只一小会儿，恐怖的画面就让我紧张得头皮发麻、手脚冰凉。无奈，我只好主动去厨房洗碗以做缓解。可厨房连着客厅，即使不看那些血肉模糊、刀光剑影的凶险镜头，光音响加解说的力量已足够让我心有余悸。

我只好置若罔闻地强撑着，期待着每一次广告的插播，渴望节目尽早结束。

忙完了厨房的事，节目仍在继续。为了不再坐回客厅去“受罪”，我开始喧宾夺主地为他们做餐后咖啡。

送咖啡时，我发现他们看得都很专注，面部表情也随着画面的变化时而紧张、时而忧虑，手中的甜食干脆都放到了茶几上，James还起身从抽屉里找了一张纸和笔，边看边一丝不苟地写着，像做会议记录一样。

咳，老外的行为总是让人捉摸不定、揣摩不透。我心里满是疑惑和不解。

……

回家的路上，我问开车的老公：“真奇怪，那个 James 看电视节目的时候，为什么还要不停地记录呢？”

“万一哪天碰到那些罪犯的话，可以帮助确认啊！”老公认真地说着，口气像个便衣警察。

“什么？软弱无力的 James，难道还想抓获那些罪犯！”我简直不敢相信老公的话。

“如果碰到的话，那是肯定的，起码也应该知道怎么报案吧，这是每个公民的责任哦。”

老公的回答让我非常吃惊。但我很清楚，他不是开玩笑，他说的是实话！

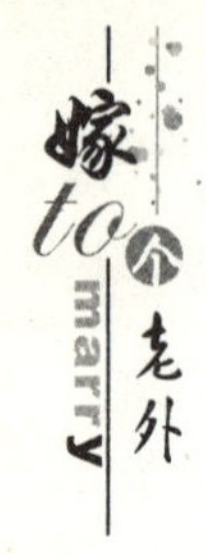

女老板的男朋友

她叫 Amanda，是澳大利亚一个知名女装品牌的继承人。

三十多年前，她的设计师父亲创建了这个家喻户晓的品牌，且迅速将生意扩展到了欧洲和美国，生意一直做得很成功。

秉承了父亲独特超然的悟性，Amanda 在大学里就设计出很多优秀的作品，还得过几个设计大奖。毕业后，她被父亲的公司聘用并很快成了基层设计的骨干。好学的她还利用业余时间续读了企业管理，并完成了工商硕士的全部课程。

在 Amanda 二十五岁生日的时候，父亲将一份厚礼郑重地送给了她——公司的执行总裁席位。

她成了年轻有为的企业决策者。

Amanda 聪明睿智、多谋善断，在统管公司一年后，她迅速将大部分加工业务转移到了中国广东。中国低廉的劳动力，使产品成本大幅度下降，由此为公司赢得了丰厚的利润。在她的掌管下，公司进一步发展壮大。

Amanda 不仅聪颖能干，而且长得很漂亮。我们认识的时候，她已经三十多岁了，可看上去仍然窈窕可人、青春洋溢，不像大部分西方人，看上去总比实际年龄要老。

很多年以前，我曾经作为中间代表帮助她联络与中国的业务，并多次陪她去广东，接洽合作经营的有关事宜，因为比较谈得来，

所以交往中又多了一份朋友般的亲近。

知道西方人不喜欢别人打探隐私，所以我从不谈及与她个人有关的领域，以免引起不快。可是 Amanda 好像并不介意，经常妙语连珠地讲一些自己的有趣故事，还向我透露了不少秘密。

谈的最多的自然是她相恋了五年的男朋友。

Amanda 无比幸福地告诉我，他们是在度假的旅游船上认识的。她对男友可谓一见倾心，暗生情愫。对爱的憧憬和渴望，使她在辗转反侧了整晚之后，做出了主动追求男友的决定。于是，她绞尽脑汁，想出了很多锦囊妙计。

为了摸清男友的情况，做到知己知彼，她曾偷偷地跟踪了男友数日，终于了解到男友的房间位置和大致习惯。

接下来的第二天，她决定实施先声夺人的进攻方式。一清早，她就悄悄等在男友房间不远处，当男友步出房门走向餐厅时，她马上紧随其后，并同步到达，寻机坐在了男友身边。接着她主动和男友打招呼，并自我介绍……

这不能不让我叹服她的勇气和执着！

Amanda 还告诉我，在他们情系彼此的那个黄昏，她和男友静静地依偎在一起，听海浪、看日落，直至繁星密布。东方渐亮，霞光初上时，他们才发现竟然在甲板的栏杆旁边坐了整整一夜。爱情的纯美和婉约在微风中摇曳飘行，大海也分享了这份绝佳的情怀和最美的意境。Amanda 说，她是世界上最幸福的女人。

好浪漫的结缘啊！

从她的嘴里，我知晓的这位男友几近完美，我甚至可以在脑海中立刻素绘出那个高大英俊、风度翩翩、家境不凡的儒雅身影。心想，也只有如此优秀的男子，才能配得上既有钱又聪明、漂亮的Amanda。

每次我们去广东，只要出门逛街，她的眼睛总是盯着男性物

品。不仅慷慨地给男友买很多贵重礼物，男友的家人她也一概不落。

我们一起外出吃饭，她也心系着男友。经常听她念叨：我男朋友很喜欢吃这个，他肯定也喜欢那个……而且，总会后缀一句："真希望他现在就在我身边。"

有时吃到特别可口的菜肴，她还会虚心讨教制作方法，甚至详细记录下调料的名称，以便以后做给男友吃。几乎每次陪她去国内，我都要送她一堆厨房佐料。所有接触过Amanda的人都被她对男友的炽情所感染、柔化。

我曾经调侃说，受她的影响，我对老公的思念都比以前强烈了。她开怀大笑，冲我不停地做着各种夸张的可爱表情，说自己做了一件大好事。

有一次，我们去国内商谈合作加工的有关事宜。因为工厂一方协办的手续出了点问题，我们只好将原来五天的行程又延期了几天。

不巧的是，延期日里的某一天恰好是Amanda男友的生日，这可急坏了Amanda。当初她是计算好了时间，要赶回澳大利亚为男友庆祝生日的，还打算给男友一个惊喜。这一延期让她所有的努力都白费了！

Amanda非常沮丧，她不停地挥手、握拳、长吁短叹，那样子简直像个有气发不出的小婴儿，让人痛惜爱怜。她给男友打电话致歉时，难过得都哽咽了，并表示回去一定要"将功赎罪"。

有一年的秋天，有一批极为重要的货物，Amanda想亲自去广东验货。因逼近发货日，产品又出了一点质量问题，我们便没日没夜地呆在厂里以确保每一项工作万无一失。

在接近尾声时，国内的合作工厂安排了一次去外县爬山的活

动，想让我们彻底轻松一下。

Amanda 非常兴奋，不仅晚上催我早睡，第二天还一早打电话，提醒我别睡过了头。认真的 Amanda 做什么事情都充满激情而且态度严谨。

爬山时，她一路领先，快乐得像只机灵、敏捷的小兔子。不仅如此，她还鞍前马后地为别人提供帮助和服务：有人渴了，她马上送水；有人累了，她就又拽又推。可爱的 Amanda 俨然一个跟班的随从。

中途休息的间歇，大家一起谈论着此行的快乐，Amanda 也不忘大声宣布：下次带男友来中国，也要爬这个山。

在她的思想里，男友如同生命中不可或缺的食物和水源，无法分割，从未远离。

真是让人羡慕之至啊！

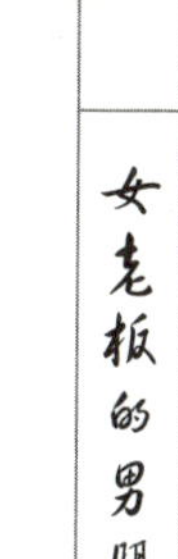

活动结束往回返，尤其是接近市区的时候，车辆堵塞很严重。司机告诉我，为了抓紧时间，他打算走另一条路，不过这条路可能有些颠簸。

我说，没关系。只要能及时赶回去，别让请我们吃饭的人等太久就行。

于是，司机穿行在很多无名的小路之间，快速地往回开着。当路过一个正在施工的高层建筑工地时，可以看到很多人影在那里来回穿梭，热火朝天地忙碌着。

这时，忽然听到 Amanda 异常感叹和低缓的声音，带着与爬山时的快乐完全不同的伤感，在沉寂了很久的狭小空间，这声音显得异常悲凉和柔情。她说，她的男朋友也是建筑工人，每天都非常忙碌，看见眼前这些盖房子的工人，让她突然特别想念男友……

终生受益的一句话

那时，我和老公还没结婚，仍是各自为政、独“善”其身，但因他的住处离市中心较近，与我的办公室几乎毗邻，所以工作日期间我偶尔也住在他那里。

有一天下班，走进他家前院时，我突然感觉很异常：门口从未有过的凌乱，好像刚发生过一场激烈争斗似的。好几盆鲜花都离开了原来的位置，哀怨地挤堆在一起，还有一盆已经支离破碎、面目全非地扁压在地；门口的石凳也翻倒了；前面花园里还有一些被沉重践踏后的靴子印。

来不及多想，赶紧拿出钥匙打开家门。

眼前的一切让我倒吸了一口凉气——橱门大开着，里面的东西散落得遍地都是。很多家具也被移动了，到处凌乱不堪，狼藉一片，就像刚被抄过家一样。

瞬间，我猛然惊醒到：他家被盗了！

我哆嗦着赶紧给男友打了电话，并在他的协助下报了警，心里又惊又怕。好在没过多久，男友就急急忙忙地赶了回来，见此惨状，他也震惊不已。

很快警察赶到了，接着开始了拍照、取指纹、调查记录、询问邻居等等一系列例行程序。在协助警察了解了全部过程，并等待他们离开之后，男友又马上给保险公司打了电话。

没经过保险公司的检查，现场还是不能动，只好面对凌乱的周遭，焦急地等待着保险人员尽快到达。又过了漫长的几十分钟，终于等来了保险公司的两位工作人员。

他们先是一番安慰，然后开始了解事情的经过，接着详细核实了丢失的所有物品，最后又核对了相关的单据。

所有程序完成后，其中一位工作人员便对丢失的物品逐件开出了支票。与此同时，另一位女士走到面前，用极其同情的语气告诉我们：从明天起，我们就可以去指定的商店分别买回被盗的各种物品，希望不会太影响我们的正常生活。这其中包括我放在男友家的一个照相机。

那位女士还详细告知了具体的赔偿方式：

就拿我的相机举例吧，我买的时候用了 600 澳元(以收据为准)，现在同样款式的相机已经停止生产了，但保险公司仍会开具 600 澳元的支票给我。如果我想买更好的，就自己加钱；如果想买差一点的，节省下来的钱就是我自己的。

带着无比的感激送走了保险公司的人，看着手里握住的几张支票，虽仍惊魂未定，但也稍感慰藉：起码损失得到了补偿，至于精神的恢复，只能寄托于时间了。

我一边和男友商量着何时购买丢失的那些物品，一边开始整理杂乱的客厅。收拾的过程中，我又发现很多不被察觉的小物品也找不到了：朋友刚送的法国香水，一套英国制造的瓷盘，还有一些捷克产的水晶小摆件，等等。

男友说："保险公司已经清点过了，没办法，只能不了了之……"

"处在当时那种情形下，怎么可能记着？"我抱怨道。

刚要放松的心情，因为这番解释又变得闷闷不乐，如同阵雨过后的短暂阳光，还没来得及体会和感受，又见阴云密布、细雨濛濛。

我无奈地叹了口气走进卧室。

将地上的东西一一捡起后，又将摔碎的玻璃盘清扫干净，接着打开衣柜，准备把散乱的物品全部拿出，重新规整。

我弯腰从柜子里抱起一堆衣物，突然，我的右手触到一个坚硬而有棱角的东西。我马上将手中的物品放回，用力将其拽出，一看，竟然是我的相机！

居然没丢！

我兴奋得几乎手舞足蹈，立刻将它抱在怀里，大声叫着往客厅跑去，不停地摇晃着给男友看。这份失而复得的幸福扭转了整晚的沉闷心情，我开心得像个孩子般不停地感恩着。

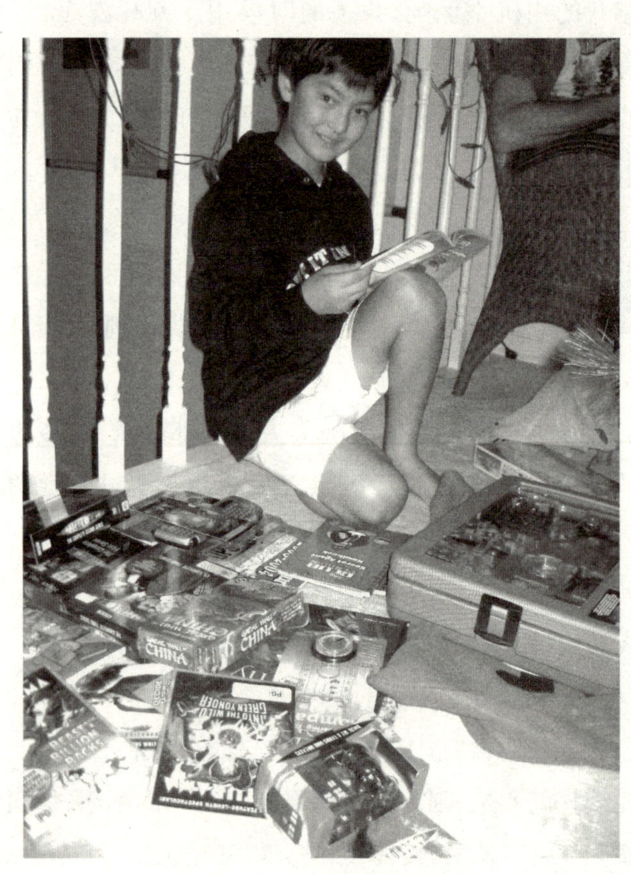

男友见我如此激动，走过来摸了摸我的头发，说道："总算找到你的宝贝了。"

没错，这款相机我确实非常喜欢。它有很多特殊功能（那个年代算是稀罕），让我记忆尤为深刻的是其中一项选择功能，里面有很多固定词语，可以根据需要落款在照片的角落上，例如"我爱你"、"祝你生日快乐"，等等。而且保险公司的人员在核实时已经说过，这款相机已经停止生产，如果真丢了，就再也没有了。

我兴奋得无以言说，如同找到了失散的孩子！

还没等我从兴奋中回过神来，就见男友从沙发上站了起来，并快速去了书房。他站在书桌前，在保险公司留下的那堆文件里翻出了一张名片，然后他又回到客厅并拨通了一个电话。

我正在好奇的时候，传来了男友的说话声："请把购买相机的那张支票取消吧，是的……相机已经找到了。"

原来男友是给保险公司打电话。

手捧着我的宝贝相机，听着男友和保险公司的通话，我的情绪有些混杂，既兴奋也暗含着不小的失望。

等男友挂断电话，我回头冲他说了这样一句话："其实你不打电话，保险公司也不知道。"

探究的好奇心使我迫切想知道，他此刻的想法与觉悟的原动力。当然，潜意识里也包含着另一层含义——我们丢了那么多小东西，加起来远不止600元，就是不告诉保险公司也没什么。

男友走到我面前，看着我，微笑了一下。略加思索后，说了一句极其朴素的话：

"亲爱的，假如今天你拿了一样不属于你的东西，明天你可能会丢失一样更大的东西……不要以为没有人知道，上帝什么都清楚！"

这句话一直根植于我的记忆里，让我永世难忘。

我一直很喜欢这个比喻:人就像天使与魔鬼的混合体,就看在某一时刻是谁占据主导。

后来我经常对朋友说:“如果有一天,你突然捡到一大笔钱,就算你想占为己有也无可厚非,因为私心、贪婪是人性的弱点,只要最终能够战胜诱惑,就是美丽的。”

虽然发生了这件被偷盗的不幸事件,但我感觉自己同时也是一个受益者。因为从那天起,筑巢在我心中的天使总能在最后时刻战胜魔鬼。

感谢上帝!感谢男友的那句话!

老公的中国行

1996 年的初冬,我第一次带老公回山东青岛探亲。

因为是第一次拜见我的家人,老公非常重视。不仅去夜校拼了两个月来恶补中文,还特意去书店买了几本介绍中国的书,欲多了解一些风土人情,特别是习俗。

我也对其进行了速成辅导,例如:要叫我的父亲"爸爸",而不能叫名字(老外几乎对所有人都称呼名字)。吃饭的时候,也不能按西式的吃法拨一堆到自己的盘子里,尤其不能自己率先开吃等等,诸如此类,不一而足,让他尽量多地注意和掌握中国的礼节礼仪。

其实,老公对中国应算是知之不少。他很喜欢历史,并且读过很多有关中国历史的书籍,一些中国发生的事情,他比我还清楚。记得临走前,我们之间有过这样一次对话:

他问我:"这次去中国,能不能见到麻雀?"

"为什么不能?"我不解地回答。

"当年除'四害',会不会被赶尽杀绝了?"

"你还知道'四害'啊?"我无限惊奇,感觉就像在和文化背景相同的朋友讨论问题,并被对方问住了一样。

我立刻故作镇静地说道:"不会吧,应该还有残余势力。不过'四害'里好像没有麻雀!"

我装腔作势,以为能唬住老外。结果不然,一番争执未果之

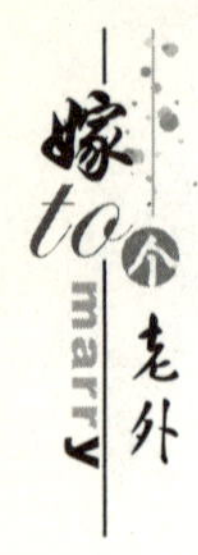

后，我们查找了资料，没想到我这个历史的证人竟然成了“老外”。看到老公一副胜利者的架势，我的心里还真有点不是滋味……

回青岛后，他每天早上都出去晨跑，回到家便声情并茂地讲述其所见所闻。当时，国内的变化可谓日新月异，很多新生事物还是通过他的传播我才知道的。

记得有一次，他说看见一家专卖古旧家具的商店。我表示怀疑。于是，他像个资深导游似的带着我直奔而去。多亏他的带领，我才知道了岛城最早的那家古旧家具店的位置。

我逐渐发现，他感兴趣的都是那些带有传统色彩的事物，对于高楼大厦或者我们眼中先进的硬件则兴致索然。于是老爸提议，带他回一次老家，让他感受一下更传统的东西。

老公听了喜出望外，连声向老爸致谢，还激动地拥抱了老爸。开始我有些担心，怕他受不了那里的条件，并做了必要的警示：农村只有蹲厕，也不能天天洗澡。老公马上说，有一年他和朋友去尼泊尔爬雪山，住在山脚下的一个小农庄，那里连厕所都没有，呆在那里一周也没洗澡，但他们很快乐……

老爸建议我们住酒店，老公则希望“能像当地人一样过几天”。为了满足他强烈的好奇心，我们便住在了真诚邀请的姑姑家。事实证明我的担心实属多余。

记得有一次，厕所的灯突然坏了，修了半天也没修好。半夜我去厕所时，老公主动提出帮忙拿蜡烛，并且毫无怨言地等在厕所门口。初冬的农村，夜里的寒风凌厉刺骨，他连续打了几个喷嚏，差点冻感冒了。

老公非常喜欢田园质朴的农村，整天拿着相机不停地拍照（后来还全部制成了幻灯片），从裹脚老太太到穿开裆裤的小朋友，只

要澳大利亚没有的，他都好奇。甚至渔民出海用的渔具和鱼漂，他也不放过。

让老公最感兴趣的是农村的土炕，他说这种“heater”（暖气）真奇妙也很天然。后来回到澳大利亚，每当和别人聊起此次中国之旅时，他总会提到这一“奇观”，还通过幻灯片加以讲解。如果条件允许，在澳大利亚的家里他可能也会建一个。

老公还不停地夸赞父老乡亲的热情，而老公的真诚也给乡亲们留下了非常难忘的印象。

记得有一次，我们去一个堂叔家做客。

豪爽、好客的叔叔一家不停地和老公轮番干杯。有心的老公慢慢发现一条规律：只要大家端起酒杯，必定是干杯，于是，只要有人一端酒杯，老公就自觉地端起并一饮而尽，根本无需相劝。很快，他成了喧宾夺主的领酒者了。

我告诉他，不必每次都喝完，除非真的干杯，可他哪里分辨得出啊！于是，几乎都是他把自己灌醉……

返回青岛之后的一个晚上，因为去朋友家做客，回家时已经很晚了，老爸正在房间幽暗的灯下看报纸等我们。

睡觉前，老公好心建议：应该把老爸房间的灯换成亮一点的，否则会伤眼睛。

我心想：你就别瞎操心了，那是节俭的老爸故意把原始装修的大灯换成了小的。

第二天跑步回来的他，拿着一些钱又出去了。一个小时左右，他手里举着一个大灯泡出现在了门外。进门后，二话不说，直接去了老爸的房间，不由分说地就把那个小灯泡换了下来。还站在椅子上向老爸表功道：他打听了好几个人才找到的商店。

老爸真是“有苦难言”。

中午吃完饭，他再一次跑了出去。这次他竟然拿着三个大灯

泡回来了。他说，刚才换小灯的时候，发现另外三个墙角的灯也不亮了，估计是灯泡坏了，所以想给老爸一个惊喜……

当他把换下的三个坏灯泡扔进垃圾桶里时，老爸再也憋不住了，急忙跑过来并且急促地告诉我："那三个灯泡都是好的，是我故意拧松的。"

哈，这样的女婿，真不知是该批评，还是该表扬！

有一次，我们去前海一带闲逛。准备回家的时候，老公发现了一种小公共汽车并说很想感受一下。

这是那个年代用来缓解交通压力的私人面包车，性质和公共汽车差不多。当时的小公共汽车生意非常火爆，经常超载，所以最怕被警察发现，轻则罚款，重则被停止运行。

等了没几分钟就来了一辆，售票的大姐招呼我们上了车。上去之后才发现，座位已全部占满。我们只能站着了。又等来了几个人，所有的空间都被塞满，汽车终于发动了。

沿海一带的景致的确清新、迷人。

我一边回答着老公的询问，一边讲解着经过的几个重要景点——象征着美丽青岛的栈桥回廊阁；神秘莫测的小青岛；还有悠远恬静的鲁迅公园……一切都倍感亲切而美好。

老公也陶醉其中。

正当我们沉浸在如诗如画的意境中，感受着沿海一线的秀雅魅力时，突然听到售票大姐压着嗓子急促地喊了一声：

"快蹲下，前面有警察。"

这突如其来的喊声吓了我一跳！什么也来不及想，本能地拽着老公就往下蹲，且以最快的速度翻译了大姐的话。

他听后没有蹲下。我重复了一遍，他还是没有蹲下。

我悄悄地仰头看了老公一眼。他的双手紧握住身前两排座位

的后背,双腿自然分开,抬头、挺胸、目视前方,那架势就像即将奔赴刑场的勇士,满脸都是“可杀不可辱”的壮志。

幸亏警察叔叔没注意,我们这辆超载的小公共,上面还“大义凛然”地站着一个违规者,竟然畅通无阻地开了过去。

警报解除后不久,我们就到站了。

下车后,我有些生气地责怪老公道:“你刚才为什么不蹲下?要是被警察发现,不仅要罚款,车也会被扣。全车的人都要倒霉,还得重新找车。你就不能委屈一下自己吗?真是自私……”

老公的样子就像被谁打了一巴掌似的,愤愤不平、气急败坏,好像刚才不是让他蹲下,而是让他受尽凌辱。原本就恼火的他,再加上我的一通火上浇油,更是怒形于色、一触即发。

老公突然一反常态,声色俱厉地打断了我的话,并毫不留情、一针见血地断然反驳道:

“假如这辆车超过了装载能力,他们就不应该再卖票给我们。既然他们卖了票让我们上了车,就必须保护和尊重每一位乘客。这是他们的责任,也是我们的权利!我又不是一个动物,让我蹲下我就蹲下,让我站着我就站着……”

汗!是找事儿?还是维权?

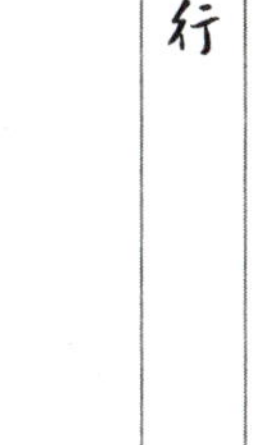

成　长

儿子降生了。这个可爱的小生命在带给我惊喜欢乐的同时，也提出了一个我从未想过的新课题，那就是如何让孩子健康成长。

我们准备出院的那个下午，我从身旁睡箱里抱起啼哭的儿子，这时老公从旁边走了过来。

他站在我的对面，温柔地看着躺在我怀中的儿子，轻轻握住了儿子的小手，真挚的父爱一览无余。

正当我怡然自得地沐浴在这恬美的温情中，感受着初为人母的爱恋亲情时，突然老公冲着我，像首长下命令似的说道：

"回家后，儿子必须一个人睡觉，不能和我们睡在一起。"他还说，这是培养儿子独立个性很重要的一环。

终于到家了。

我抱着儿子走进卧室。抬头望去，一个还没有旅行包大的摇篮式睡筐悠然摆在我们的床边。

好漂亮的摇篮啊！远看就像一个袖珍的小城堡，缝着优质蕾丝花边的蚊帐从上端的四面垂落下来，宛如城堡的屋脊，温柔中流溢着坚实；摇篮里还有一圈如城墙一样镶着美丽花边的墙裙，看上去即活泼又雅致；里面的床单、睡单、被罩等等每一件织物都是那么完美无瑕，光鲜而生动。下面是可以调节高度的白色精巧支架。

我小心翼翼地把儿子放进摇篮里，以为他会喜欢这个可爱的地方。可是儿子却不太认可，或许是贪婪妈妈的怀抱吧，他不停地发出哭泣声，而且越来越大。

我赶紧将儿子抱起，柔情而疼爱地哄着他，不忍心再放回去了。

老公说："让儿子多呆一会儿，他就习惯了。不要怕他不高兴，哭是正常的。"

几次尝试后，儿子最终还是被放进了摇篮里。

尽管这样做对我来说很难，心里也责怪老公的"狠心"，但想到对儿子的未来有好处，也只能听之任之了。

但是，每天面对着这个无可挑剔、人见人爱的摇篮，我依然感受不到它的温暖。每当夜深人静，看到儿子安详沉睡的时候，我总觉得儿子孤单得可怜……

在摇篮里睡了两个月，儿子的小脚丫已经快碰到篮子的尾部了。老公又急匆匆地买了一张婴儿床。

老公这次比上一次更"无情"，不容置疑地对我说道："从现在起，儿子不仅要睡在自己的床里，还必须回到他自己的房间。"

我忍无可忍。这次说什么我也不同意！

一个只有两个月大的孩子，就要被隔绝在母亲的视线之外，夜里惊醒的他，该如何面对漆黑的四壁？他怎能受得了如此的亲情漠视！即使儿子可以经受住此番考验，我又怎能安然处之？

我毫不犹豫地对老公说："绝对不行！"

老公了解了我的心事后，不慌不忙地去了另一个房间。回来时，他的手里拿着一个纸袋，接着他像变魔术一样假装在袋子里翻找着，然后摆出一个幽默的亮相，手里举着一副"婴儿监听器"。

看来，他是有备而来。我寸步不让，坚定地说道："趁早打消这个念头，说什么我也不会同意的。"

老公站在床边，耐心地讲起了监听器的功能。他告诉我，只要把监听器放在身边，就能准确地听到儿子的所有声音，任何异常情况发生，我都可以出现在儿子身边，决不会错过的。接着他还做了现场演示。

我似信非信。直到老公说先尝试一个晚上，若我还是不能接受，再把儿子推回床边，我才勉强答应了。

那个晚上，睡梦中的儿子发出了一次微小呓语。我立刻爬了起来，灯也没开，就往儿子房间跑，结果撞到了旁边的桌子，一个镜框被晃倒。还好，没惊醒儿子。

经过了艰难的第一个晚上，我只能再一次无奈地妥协了。感觉就像跟着别人爬山，已达半山腰，虽然继续攀爬很艰难，可下山也绝非易事，只好无奈地跟随着继续前行。

于是，我常常不由自主地在儿子床边的椅子上端坐很久，只有看着儿子脸上淌过的每一个妙不可言的神情，我的心才会渐渐平静……

后来儿子慢慢长大了。我开始逐渐适应并接受了这样的成长方式，尤其是看到儿子心智健康发育，我才感到一切“牺牲”是值得的。在我的记忆中，儿子从未因离开我而哭过，不知抗体是否来源于这样的就寝方式。

儿子渐渐成长，我的心也无需再经受千锤百炼的磨砺了。可是，另一种不安和困惑又接踵而至，它同样侵袭、影响着我的心绪。

记得儿子两岁多的时候，发生过一件小事，我因此坐立不安了一整天。

那天我因为预约了医生，一清早就催着吃饭特慢的儿子赶紧吃完，然后便急匆匆地收拾好儿子的书包，将他送去了幼儿园。

领着儿子走进院子后，儿子把书包挂好，说了一声再见，转身就往门口跑去。可能是看到遍地的蒲公英，儿子停下来摘了一小朵。

就在儿子下蹲时，我突然发现儿子的屁股上有一个大黑洞。天呢！早上走得急，竟然忘了刚学会穿衣服的儿子会出错，我满脸涨红地跑过去，想带儿子去卫生间把穿反的裤子调整一下，却被儿子挣脱着大声拒绝了。

我站在门口，一筹莫展。

别的家长看见会怎么想？小朋友会不会正在取笑他？整个白天，我都坐不安席地胡思乱想，甚至想像着儿子正与嘲笑他的孩子们打成一团。

终于挨到接儿子的时间了，我第一个签好字等在门外。

看到儿子一脸得意、漫不经心地从房间里溜达出来，我悬着的心总算放了下来。

晚上和老公说起此事，我除了检讨自己，也抱怨老师为什么不帮孩子调换一下。

“老师天天教育孩子‘只要能做的事情，就必须自己做’，怎么

能帮这样的忙呢？再说，这样的事情也绝对没有人笑话，别人只会觉得这种‘独立自主’的孩子更可爱。况且这样的事情可能天天都有……”老公无所谓地说道。

后来，再送儿子去幼儿园的时候，我开始留心有没有穿错衣服的孩子，结果真的很多。

儿子又长大一些，我开始经常带他回国。因为总处在两种语言的交替中，儿子经常是，回来澳大利亚反而不会说英文了；回到中国又把背过的唐诗彻底忘光了。

有一次，儿子刚从国内回来，我照例把他送去了幼儿园。

晚上接儿子回家的时候，老师抱歉地告诉我：下午儿子想玩一个小朋友正在玩的玩具，可是英文又表达不清楚，着急的儿子便去抢，结果被对方打了一拳。

抚摸着儿子红肿的小脸，看着儿子委屈的模样，我心如刀绞。当即问老师，是哪个小朋友打的？

老师却说，你不需要知道。这是孩子们之间的事（后来才知道，这是澳大利亚所有幼儿园的规定）。

我愤愤不平地带着儿子找到了园长。

满面笑容的园长主动向我做了解释和诚意的道歉，然后说道：

“你总不至于和一个孩子计较吧？孩子之间会很快忘记，可能第二天又成好朋友了，但大人就不容易忘记。你知道是谁，并不利于孩子们未来的共处。”

见我不语，校长用轻柔的声音继续说着：

“孩子们在一起，今天你打我，明天我又打了你，这些都是正常的，甚至是必要的、必需的成长过程……”

几天之后的一个晚上，我去接儿子，老师告诉我，儿子因为抢滑梯，与小朋友争执不下，便打了对方，让我回家耐心劝说，好好

教育。

开车回家的路上，我不停地反思：自己是不是过于保护孩子了？

假如一个孩子总是赢，不能接受输的话，万一有一天输了该怎么办？他将如何排解内心的不甘？

赢的激励有时需要输的悲壮去柔和。

无论在哪个领域，输和赢均属正常。人不可能永远出人头地，也不会一世超群绝伦，在这个喧嚣浮躁的世界，一颗输得起也赢得下的平凡心有时更难打造！

我突然对这种平等的幼儿教育充满感激。

直至今日，儿子读书的班级竟然没有班长。每周有两名同学轮流为大家服务，所有的孩子都是均等、公平的。学校倡导的口号则是：分享、互助、平等。

我相信，在这种平等、自尊中长大的孩子，他们会生活得更加自我、自尊和自信……

随着儿子的长大，我也在成长。

“不近人情”的教子方式

Peter是老公的一位朋友，他生在英国，长在澳大利亚，是澳大利亚一家大型投资公司的董事。

收入丰厚的Peter是个轻财重义之人，他不仅常年资助一个改善非洲儿童生存环境的慈善组织，还认养了两名非洲儿童。

无论工作多忙，他都定期给两个孩子写信、寄钱，孩子们也认真细致地向他汇报各自的近况，有时还会寄上几张照片。Peter非常珍惜这些信件，还把照片镶在镜框里，摆在书房的桌子上。他说，这些照片对他而言不仅珍贵，还给了他很多生命的动力与支持。

Peter的慈悲与善良可谓有口皆碑，让人由衷敬佩。

Peter有两个儿子。大儿子很优秀，在高中毕业的省级统考中成绩名列前茅。他选择了法学专业，毕业后受聘于一家非常著名的律师行，是个前途无量的年轻人。

每当说起大儿子，Peter总是面带笑容，流露出自豪的神情。可说起小儿子，Peter则变得没精打采。

小儿子很聪明，但不喜欢上学，高中毕业就闲散在家。每天除了看暴力电影，就是听震耳的音乐，似乎只有大分贝的刺激，才能使其枯燥而平淡的日子变得绚丽多彩。

夫妻俩担心，这样的生活方式不利于小儿子的成长，于是催促

小儿子尽快找份工作，自食其力，不能再依靠父母了。

小儿子倒也自觉，不断买报纸查找，打电话咨询，写简历申请。没多久，他就通过报纸找到了一份建筑小工的活。

Peter 和太太非常高兴，终于心事了却，心满意足了。

可是安静祥和的日子没过多久，夫妻俩都感觉小儿子有些反常，他不仅行动诡秘，有时还魂不守舍，像做贼一样惶惶不安。夫妻俩留心起来，仔细探寻每一条蛛丝马迹。Peter 终于发现了小儿子的秘密——他在偷偷吸毒！

这可急坏了夫妻俩！一次次苦口婆心的规劝、讲道理，小儿子也一遍遍慷慨激昂地表决心、下保证，但结果仍让人不断失望。更可怕的是，为了能及时买到毒品针剂，小儿子开始从家里偷钱。

有一次，可能是毒瘾发作又找不到现金，他竟然把家里几样便于携带的电器拿出去变卖了。

Peter 夫妇欲哭无泪、失望之极！他们想起了一位朋友曾经讲过，以色列有全世界最好的戒毒中心。走投无路的夫妻俩实在别无选择，反复权衡认真商榷之后，最终决定把小儿子送去以色列戒毒。

有一次，我们一起吃饭时，Peter 讲起了小儿子戒毒回来后发生的几件事。他讲得绘声绘色、兴致勃勃，我却听得目瞪口呆、大惑不解。

半年后，小儿子终于返回了墨尔本。他把毒瘾彻底戒掉了。

如同儿子被诊断为不治之症，又被告知是误诊一样，Peter 和太太兴奋得喜上眉梢，奔走相告。小儿子回来后，Peter 的太太也从出版社辞了职，打算在家专心陪伴小儿子，帮助他一起度过这段人生的艰难时期。

可怜天下父母心啊！

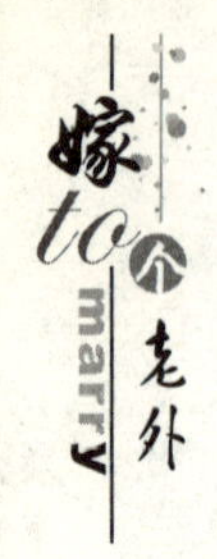

亟待解决的问题首先是工作。但工作并非想找就能马上找到，即使普通的零工也要先面试，再试干一两天，前后总要一两周的时间。

于是，夫妻俩决定，竭尽全力帮助小儿子。

然而接下来的故事却让我始料不及，出乎我的想象。

原来，夫妻俩做的决定竟然是：辞掉家里的钟点工，让小儿子顶替此空缺，直到小儿子找到工作为止。

真是一箭双雕啊！既“肥水不流外人田”，又解决了小儿子的就业问题。这也叫帮助儿子？如果是我，这样的帮助只能让我更加伤心和难过。于是，我疑惑地看着 Peter，好奇地追问，他的小儿子在听到这个决定后反应如何。

Peter 笑着说，非常高兴。

于是，小儿子便开始了在自己家做钟点工的全新生活。

小儿子在“工作”期间表现得非常努力。在家监督的 Peter 太太也会时常作出严厉提醒，诸如哪里需要特别打扫，哪里需要返工，等等。

雇佣关系之明确，来不得半点虚假。

有一次，Peter 太太发现厨房的一个角落污垢仍在，清除得不太彻底，便认真地告诉小儿子，并希望他能重新清理一遍。忙了半天刚坐定准备休息一会的小儿子，马上毫无怨言地拿起抹布，又重新仔细地清理了一遍。

几周之后，小儿子寄出的工作申请终于有了回音，一家工厂决定录用他。

总算有了一份稳定的工作。当天，小儿子向父母提出了辞职请求并结清了所有工资。

Peter 的大儿子听说弟弟找到了工作，甚感欣慰和骄傲。周末，哥哥带女友回家为弟弟庆祝，席间，他不停地向女友夸赞弟弟戒毒的毅力和认真工作的态度。

哥哥女友问弟弟：打算如何支配这一个月的薪水？

小儿子说，想买一双球鞋，还想买一辆二手自行车。

小儿子言罢，Peter 却来了兴致，原来前段时间，也就是小儿子在以色列时，他刚买了一辆自行车，本打算用它锻炼身体，可总是没时间。如果小儿子愿意，他可以低价卖给小儿子……

一番价格拉锯战之后，Peter 觉得小儿子的出价实在太低，比他认可的最低价还差至少一百块，所以仍不接受。

小儿子耸耸肩，无奈地说，若不行，他只能放弃，再从报纸上找便宜的。

Peter 看了看小儿子，静静地思考了几秒。一番神机妙算之后，一个两全其美的方法出现在他的脑海里，且迅速帮他扭转了谈判停滞的不利僵局。Peter 郑重其事地告诉儿子，可以按他要求的价格成交，但必须有一项附加条款——再兼职一周的清洁工作。

双方握手，圆满成交。

Peter 讲完这个故事，我有些想不通，对自己的儿子为何还这样"不近人情"！于是向 Peter 讨教。

Peter 听了我的疑问，沉默少许，随后双眼凝视前方，深厚的目光中飞速划过了难掩的瞬间柔肠。我知道，那是一种深情父爱最意味深长的静默流露。接着他挺了挺后背，脸上迅速盈满欢快的笑意，开始耐心解答我的疑问。

他说：人们从小培养孩子读书、发展自己的爱好，以及学习各方面的本领，归根到底是培养孩子被社会认可的能力，而他们的所

作所为正是基于这个原因——培养孩子独立自主的能力！让孩子知道，必须依靠自己，不能依赖别人，包括父母。当然这并不是说，孩子真的遇到困难，父母会袖手旁观。

见我不语，他继续说道：这样做也是为了培养孩子另一个重要的观念——要想得到就必须付出！如果钱来得太容易，想要什么就有什么，孩子永远也不会安排未来……

他们所做的一切都是基于对孩子的爱。

“当孩子遇到困难时，不是你去解决，而是帮助、鼓励孩子，最后让孩子自己解决。”我想起了一位名人的教子心得。

这件事给了我很深的教育，它强烈地影响着我，我也在儿子身上强化了这种能力的培养。

儿子七岁时，便承包了每天倒垃圾的家务。当时，个头比放在外面的大垃圾桶高不了多少的儿子，除了倒垃圾，每周还有一项更艰巨的任务，就是把三个大垃圾桶（回收垃圾、生活垃圾、花草垃圾）推到马路上，等待清空。

想想别家这般大的孩子还在精心侍奉、万般呵护中，我有些于心不忍，也担心那些沉重的垃圾桶对儿子幼小骨骼的发育不利，所以每次我都想帮儿子，心想他象征性地表示一下即可。可是，要强的儿子总是把我推开，有种不想被小瞧的气概，努力争取一个人完成份内的工作。

当然，他所做的一切都不是义工。

因为经常推拉，几个月之后，儿子竟然掌握了一些小技巧。譬如，当他把垃圾桶拖回院子，往原处回放时，他通常先将垃圾桶单侧翘起，接着往回拉，然后才推进去，这样垃圾桶正好回归原位。

这个发现让我欣喜不已！我再也不用重新整理了。更兴奋的是，我看到了儿子能力的提高！

有一天，我收拾书房，清理出几个长年不用的文件夹，我把它们放在门边，准备随后扔掉。

放学回来的儿子，看见门口的文件夹，便主动问我要不要帮忙扔掉，我立刻点头并表示感谢。

如果按照通常的惯例：扔一袋垃圾两毛钱的做法，这六个文件夹应该是一块二。我站在那里，大声告诉儿子此笔交易的可观利润，好像恩赐了一桩多大的买卖一样。

站在门口的儿子，左手抱在胸前，右手托住下巴，对着文件夹仔细端详了一阵，不仅没有感激之意，反而觉得不太划算，不够合理。他灵机一动，像个经验丰富的谈判高手，竟然提出了按“堆”成交的建议。

他带着商量的口气问我：“妈妈，你看这样行吗？这一堆两块钱。”我开心地笑了，并在儿子脸上重重地亲了一下。

儿子九岁时，我陪他去银行开设了一个儿童特殊储蓄账户。

每月的十五号，儿子都会把自己赚的钱存到里面，少则八九元，多则上百。

遇到生日或节日收取礼物时，若实在想不出要什么，他就索要购物卡（老外一般不用现金做礼物），然后与我兑换成现金，再存到他的账户里。

上个月，陪儿子去银行的时候，营业员看到儿子账户里有两千多的余额，非常惊讶地问儿子：“这么多钱啊！你打算将来如何支配它们呢？”

儿子马上激动地说道：“等我长到18岁，就可以学开车了。到那时，我就用攒的钱买一辆二手福特车……”

看来，儿子也学会安排未来了。

我百感交集！

对孩子能力的评价

几年前的一个上午，一位好友从国内打电话说，他的一位朋友姐姐的儿子正在澳大利亚悉尼留学，不知何故与校方闹得很不愉快，问我可否给学校打个电话，帮忙解决一下。

好友的委托肯定是义不容辞。我毫不犹豫地答应了下来，并要了那位大姐的电话，准备随后问清楚来龙去脉。

那时儿子只有几个月大，我每天都忙得团团转。除了照顾儿子和老公，还要做饭、洗衣，里外兼顾，能坐下吃顿安稳饭都是一种奢侈。第二天中午，趁着儿子午睡的间隙，我才赶紧拨通了大姐的电话。

大姐终于找到了发泄的渠道，如同充足了电的自动播放机，不停地唠叨了将近一小时。她反复强调着自己认准的那些推理，我几乎没有插嘴的份儿，只能不厌其烦且深表同情地应和着，直到儿子一觉睡醒，她还是没有停下的意思。

实在没办法，我只好告诉大姐：长话短说，儿子刚睡醒，一直在哭，我确实没有太多的时间。

不愧是做过母亲的人，深知抚育孩子的不易，大姐马上善解人意地说道："那就以后再说吧。" 终于挂断了电话。

安顿好儿子，我捋顺了大姐讲述的事情经过：

校方在国内招生时，曾对大姐的儿子进行过简单的评估。校

方认为，只要大姐儿子的英文过关，就可以在澳大利亚继续读11年级（中国的高二）。可是，大姐的儿子到澳大利亚后，校方却安排他读10年级，所以大姐很生气，她认定，学校是为了骗钱，故意让她儿子多读一年。

我让老公帮忙打听一下这所学校的状况，也有些担心大姐会真的被骗。结果显示，这是一所很有声望的中学。

知道这一切，我松了一口气。于是，在儿子又一次午睡的时候，我急忙拨通了学校的电话，想听一听他们是如何解释的。

电话是校长办公室的一名执行人员接的。她很耐心地告诉我：因为海外学生的英文不过关，必须先强化英语，所有学生都要降一个年级作为开始。在这段强化的过程里，学校每四个星期会安排一次测验，随时把学生调配到符合他们水准的级别，等英文过关后，就会安排他们读该读的年级。

总算得到了令人欣慰的解释，我顿感轻松。一看儿子还在酣睡，我马上兴奋地拨通了大姐的电话，希望尽早将校方的回复告诉她，使其放心，也可帮她消除对学校的误解。

我把通话内容一字不漏地转述给了大姐，以为她可以放心了，没想到大姐仍然不满意，像祥林嫂似的反复强调着那句控诉了无数遍的“罪状”——当时校方是答应她的，现在反悔就是言而无信！

我耐心地告诉她，不管校方当时是如何答应的，只要双方没签定合约，就不能将错全部归咎于对方。更何况校方讲的也都合情合理、无可争辩，没说不让她儿子读11年级，只说要先强化英语。

不管我怎么解释，大姐就是不依不饶！

她还是反反复复强调，孩子就读于山东最好的中学，一直都是三好生，学习多么好，能力多么强……大姐的刚愎自用让我意识到，无论如何解释都将无济于事。

因此，我决定不再解释了。

挂了大姐的电话，我直接给好友打了过去说明了原委，也希望好友能够劝劝大姐不要太固执。

好友说，可能是大姐手中的钱不太够儿子这么“折腾”吧，因为当时是计算着年限、学龄才做的出国决定。

“这个可以理解。但也不能因此就要求学校改变原则吧？况且，如果她儿子的英文不过关，不管上几年级，她儿子都听不懂！”可能是受不了大姐唠叨的缘故，我的语调里也透着些许的不耐烦。

几天之后的一个下午，儿子刚刚睡醒，我正在手忙脚乱地给儿子喂奶，突然电话响了。我右手抓着奶瓶，左手抱着儿子，只好将听筒夹在肩上。

一听又是大姐的声音。

大姐这次没像过去一样愤愤不平，而是带着商量的口吻问我，可不可以再给学校打个电话，再强调一遍（那句她强调了无数遍的话）：请学校一定相信她儿子的能力！

我告诉大姐：“真的很抱歉，我不能打这个电话，因为校方已经说得很清楚了，再打还是同样的结果。在这边不认人情，也没有走后门之说，这里只认原则，任何人都必须遵守。”

又过了一段时间，执着的大姐又试探着打过两次，我都做了同样的回答，并且语气坚定、态度明确。

终于，大姐不再打电话了。我也如释重负，庆幸大姐终于想通了。

几周之后的一个上午，我推着儿子在商店买玩具。正在交钱的时候，手机突然响了，等我快速付完账，从包里找出电话，对方已

经挂断。

我看了一眼手机屏，无号码显示。无法打回，只能作罢。

大约一个小时左右，我带着儿子回到了家。将车停在车库道路上，等待库门打开的时候，手机又响了起来。我想，肯定是刚才那个未接电话，赶紧从包里翻出手机并快速应答着。

没想到，电话竟是两个多月以前联络的，我都几乎忘却了的那位学校办公室的执行人员打来的。

来不及将车停进车库，也来不及照顾儿子，我赶紧下了车。不敢有半点大意，唯恐坐在里面影响了声音的清晰度，因为我实在无法预料，接下来将要发生什么。

客气的自我介绍之后，对方终于开门见山、切入主题。

“很抱歉，我不得不把这个电话打到你这里了。”说此话时，对方的态度非常礼貌、友好。

“没关系，有什么我能帮忙的吗？”

“能不能麻烦你转告×××的母亲，让她不要再找人给我们学校打电话或者发传真了，可以吗？”她的态度依然自控得不错。

“这……”我终于明白了，大姐并没有停止，只是战略转移了。

“让她不要再干涉我们学校的正常工作了，行吗？”她的声音开始夹杂着不快。

“哦……”我难为情地应对着。

“她不停地强调，让我们相信她儿子的能力。可是所有老师都认为，她儿子的能力很差！差极了！”她的声音越说越大，她的情绪也越来越激动。

我仔细地听着，她继续说着：

“就这样一件想上11年级的小事，他都不能自己向学校提出，还要让他的母亲从千里之外的中国不停地打电话、发传真，所以我

们认为他的能力非常差！在澳大利亚，这种事情连小学生都会自己向老师提出的。”说到这里，她的声音比起初高了八度，简直就像吵架。

我说：“很理解。我尽力吧……”此刻，我不是搪塞，而是对学校非常理解和体谅。因为国内和国外两种不同的教育理念和模式，我都经历过，感同身受，体会颇深。

由于国内外教育方式存在差异，因此学校对孩子的评价标准有所不同。我给好友打去电话，请他一定转达并深表歉意。

好友说：“这就是东西方文化差异延伸下对事情认可的不同。学习成绩再好，也不一定就是真正意义上的有能力，一个真正优秀的孩子一定是各种能力的全面具备……”

能够得到好友的理解和认知，我顿感舒畅、释怀。

撞　车

儿子刚能握住笔，到处信笔涂鸦的那段时间，他对玩具忽然了无兴趣了，什么汤姆斯的小火车、鲍布的建筑小工具，这些平时最喜欢的玩具竟然完全“失宠”，儿子的兴趣突然全部转移到了“书法”上。

每天从早到晚，总能看见他不停地写写画画，俨然一个激情四溢的大家。

这让我很开心！但愿儿子将来不必像我一样，因为写字像小学生而自卑。于是，给儿子买一套合适的小桌椅，让他能够尽兴挥毫便成了我的当务之急。

老公说，周六就去买。

周六的午餐吃完不久，我就催促儿子和老公及早出门了。因为每一次带儿子外出，花费的时间总比预计的要长，加之当晚老公还有一个商务活动，所以对时间计划安排得很紧。

我们先去了一条家具专卖街，逛了几家店，没找到很满意的。

走出最后一家店门时，儿子又被放着音乐的冰激凌专卖车吸引住了，一定要吃完冰激凌再走。等爷俩吃完冰激凌，老公提议去IKEA，因为那里的儿童家具挺有特色。我看了看时间，还来得及，于是我们又调转车头朝那里奔去。

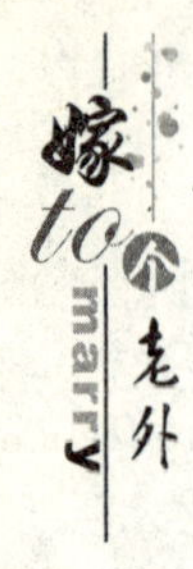

这家商店很大，即使不购物，从入口溜达到出口至少也要二十分钟。如果不是地上的坐标指引方向，且全程带领至最后交款处，我肯定会走丢。

一路欣赏着琳琅满目、不同风格的各类样板间，不知不觉中就到了儿童家具区。这里真是妙趣横生的儿童世界，各类家具以及形形色色的房间摆饰让人目不暇接，区域的中间还有一片宽敞的游乐区，很多孩子正在游乐区里玩耍。

儿子见状便挣脱了我，像只快乐的小袋鼠似的一蹦一跳地加入到孩子们玩耍的队伍中去。

我和老公便开始挑选桌椅。

老公是个“很毛病”的人，买东西从来不凑合，即使买盒火柴也要讲究质量和感觉，更不要说买家具了。很快，我看好了一款很可爱的畅销货，他却摇头说太便宜，担心油漆的质量有问题，对孩子的健康不利。

挑来挑去花了不少时间，最后总算选中了一套我们都满意的。

老公看了一下时间说不早了，让我招呼儿子赶快走。

来到游乐区，看见儿子满头大汗地正在和几个小朋友玩钻帐篷的游戏。平常儿子总是一个人玩，这里突然有这么多的小朋友和如此多的玩具，兴致正浓，哪肯轻易离开啊！他哭着闹着，要再玩一会儿。

见儿子哭得伤心，我不免有些心软，便和老公商量了一下。老公看看表勉强同意了，但只能再玩20分钟。

时间很快到了，于是，我为伤心的儿子擦干眼泪，耐心开导着一步一回头的儿子缓慢往出口走去。

把买好的桌椅放进车里，再把儿子安顿好，我才发现天色已经全黑了。于是，提醒老公赶快走。

坐稳后，老公马上发动了车子，他一边往后倒，一边关心地问

儿子的安全带是否已系好。没等我回答，就听见老公急促且大力地“啊呀”了一声，然后就是一个急刹车，并伴着一句气恼的“真倒霉”……

可能是时间急促以及天色渐黑，外加四五百度的近视，老公倒车时蹭上了停在旁边的那辆车。

我和老公赶忙跳了下去，以最快的速度跑到了被撞的汽车侧面。由于天色已晚，又是背光的一面，所以只能看见一些划痕。

“倒车的速度决定了碰擦不会太严重。”我安慰道。

怎么办呢？老公要赶时间，被撞的车主又不在。我转来转去，像只困在笼子里的牧羊犬似的手足无措！

正在我焦头烂额之际，老公急速走到车前，打开车门从抽屉里找了一个记事簿，撕下其中一页，又从抽屉里找到一支笔，然后走向车头，趴在那里写了起来。

我不得其解，实在猜不出他的用意，走过去凑近纸条，见上面写着这样的字句：

很对不起，我刚才太着急，倒车时撞了你的车，我今晚有急事必须马上离开，这是我的电话号码×××，明天在你方便的时候，请与我联系。

他拿着这张写好的字条，走到对方的车前，迅速地夹在了刮雨器下。

……

第二天早上，那位车主将电话打到了家里。聊了几句之后，车主告诉老公，划伤的程度很轻，只掉了一些油漆。更巧的是他本人就在修车行工作，一百块钱就可以自己搞好（感恩，没有被讹）。

老公说，既然如此就不必惊动保险公司了，也省去不少麻烦。那位车主也表示赞同。于是，老公要了对方的地址，当天下午就给车主寄了一张一百元的支票。

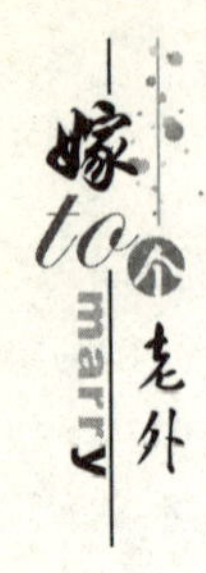

这件事就这么过去了。

几个月之后，我带儿子回青岛探亲。当时正是春节前夕，有很多年货需要采购，为了带儿子出去更方便，一位好友便借了一辆车给我用。

那天，我去了一家很大的购物中心。马不停蹄地终于买齐了所有过年的物品，然后一路轻松地走去停车场，准备开车回家。

一路小心地躲让着，终于从停车场楼顶开到了大门口，驶出大门右拐后，上了宽敞的大马路，我呼出一口长气。

还是不能掉以轻心，我继续提醒着自己。发现前面十字路口的信号灯正由绿色变成黄色，我小心翼翼地双手紧握方向盘，将车停在了信号灯前。

后面的车不耐烦地按了一下喇叭，可能是嫌我不够勇敢，如果冲过去，他就不必再等一轮信号灯了，因为旁边的车道就冲过去两辆。

红灯终于变成了绿灯，我的脚放到油门上刚踩下，随着缓慢的加速，突然我的车像被一股巨大的冲力推了一下似的，与此同时，我的身体也随之剧烈地前后摇晃，我本能地踩了一脚刹车……

在国外遇到这种情况，是要找个不妨碍交通的地方停下解决问题的。我已经习惯了这种思维方式和做法，便在前面右侧一处宽敞安全的地方停了下来。

我以为撞我的那辆车也会跟随我一起停下。

结果，就在我刚刚停稳，扭头回望的时候，伴随着刺耳的呼啸声，那辆撞我的车加足了马力，以迅雷不及掩耳之势，如飞机升空前的冲刺一般，逃走了！

我傻傻地坐在车里很久……

可乐瓶子

婆婆曾经是阿德雷德一所著名私校的教师。退休后的婆婆，除了加入一个老年绘画学习班，大部分时间都无怨无悔地交给了家里的宠物。

她有六只猫、两只狗，还有公公去世后留下的，被养在像公园鸟屋一样的笼子里的八十多只鸟，后花园水池里还养了两只比脸盆都大的乌龟。

婆婆和它们朝夕相处，形影不离。

听老公说，婆婆的血压非常高并伴有动脉硬化的迹象，加之一些其他老年病，经常感到头昏脑涨，有一次还突然晕厥在花园的椅子上，幸亏那两只重情重义的爱犬不停地狂叫，好心的邻居才及时赶到，并通知了老公的妹妹。

由于精力和体力不支，婆婆无法再照顾她的宠物了，不得不忍痛割爱，依依不舍地把它们分别送给了邻居和朋友们。婆婆难过地说，不希望它们再跟着她遭罪。

因为不在同一个城市居住，我们见面的机会并不多。我和老公商量，把婆婆接到我们家住段时间，让婆婆尽享一下天伦之乐。我们也借机尽尽做儿女的孝心。加上再过几个月儿子就要上小学了，正好利用上学之前的时间，让儿子和婆婆多一些共同相处的机

会，免得儿子总是羡慕别的小朋友。

过去多次邀请婆婆来墨尔本长住，婆婆总说放心不下家里的宠物，每次都是来去匆匆。

现在好了，终于无牵无挂了。

在举家欢乐的一片喜庆中，我们终于把婆婆接到了家里。这个家因为婆婆的到来，充满了从未有过的幸福气息。

最开心的肯定是儿子。

自从婆婆来了，他就像年糕似的粘上了，整天缠着婆婆，无论去哪里都要带上婆婆，就连早上去幼儿园都要婆婆一同前往。婆婆倒是满心欢喜，极愿顺遂，从未让儿子失望过。

儿子还常常邀请小伙伴们到家里，介绍他们认识婆婆，估计潜台词是告诉小朋友“我也有奶奶”吧。

儿子对婆婆的爱那是发自肺腑的。有一天晚饭时，我做了儿子最喜欢吃的羊排。每个人的盘子里放了两条之后还多出一条，我故意问儿子该怎么办，儿子毫不犹豫地让我放在婆婆的盘子里，足见儿子对婆婆的热爱程度。

婆婆的到来也给了我很多自由。儿子不再缠着我下棋了，更喜欢和奶奶一争高低，也不再缠着我提问了，好像有了智慧的奶奶，妈妈就显得低能了。

婆婆不愧是优秀教师，她的许多育儿理念，以及顺其自然的育儿方式，不仅使儿子的身心和人格更加健康，也让我受用不尽。所以，我很感激她老人家。

两个多月很快过去了。

儿子也将要上学了。婆婆说，她也该回阿德雷德了，毕竟还有三个子女在那边，牵挂也属情理之中。虽然我们万般不舍，可也别无选择。

临行前的最后一周，我想陪婆婆出去买点东西。两个多月里，除了去过几个景点，吃过几次饭，还真没陪婆婆好好逛逛。正巧，我们这里刚建了一个东区最大的购物中心，我决定带婆婆去那里看看。

儿子当时五岁多，正是调皮任性、喜怒无常的年龄，加之他最不喜欢去的地方就是购物中心，所以一路不停地制造麻烦。一会累了，一会想吃东西了，一会想去厕所了，我们在购物中心逛了还不到一个小时，他就嚷着要回家。

我只好答应第二天带他去动物园，这才没有继续闹下去。刚平静了少许，他又嚷着口渴，要喝可乐。

一瓶可乐喝完后，儿子将空瓶子高高举起，并递到了婆婆面前，想让婆婆帮他扔掉。

这种事对我来说就是天经地义、理所当然，从未想过有什么不妥。每一次，我都很自然地接过，然后替儿子扔到垃圾桶里，正常得就如同扔掉我自己的一样。

婆婆不仅没接，还极其严肃认真地对儿子说了这样一句话：

“对不起，你为什么把它给我呢？我又不是垃圾桶，你应该自己找一个垃圾桶扔掉。”

婆婆的话让儿子面露窘状。他不停地继续往婆婆手里塞，以示对婆婆的抗拒和不满，婆婆则态度明确地坚决不予理睬。儿子发现不起作用，便开始耍赖，婆婆仍不为所动。两人之间出现了短暂的对峙。

数秒后，聪明的儿子另辟蹊径，转身走向我寻求救援，欲将瓶子交给我。

若没有之前的僵局，我会毫不犹豫地接过来，可眼前的情景让我也很为难，加上婆婆又替我说了“No”，我只能带着对儿子的歉意和怜惜，以及无数遍在心里重复的“对不起”，选择中立。

片刻后，儿子徒然变得很无奈，他感到了无助，最后只好服输。

他握着那个可乐瓶子，极不情愿地朝一个垃圾桶走去。

说实话，在婆婆拒绝儿子的一瞬间，我的心中充满悲酸，真不是滋味！

过去，儿子常跟我抱怨，小朋友的爷爷奶奶总带他们出去玩，他却从来没有这样的机会。每当看到儿子哀怨的神情和对婆婆的思念，我都心痛不已。现在婆婆就在身边，应该加倍痛惜、宠爱这个极少见面的孙子才对，可是，儿子一个如此之小的请求都被回绝了，我为儿子黯然神伤！

奇怪的是，儿子并没有表现出对婆婆的不满，一路下来，仍然和婆婆亲密无间；婆婆也有问必答，谈笑风生，偶尔还拉着儿子的手，亲密无间地拥搂一下。中午吃完饭，儿子又拖着婆婆去了儿童游乐区，让婆婆陪他一起玩。

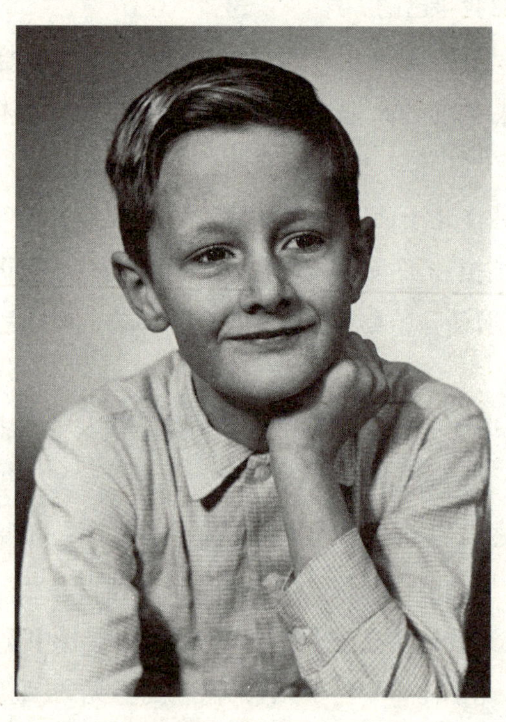

我的心绪也随着儿子的欢天喜地,完全好了起来。

自从那次被婆婆教育,我再带儿子出门时,所有喝完的饮料瓶子,儿子都会主动找垃圾桶扔掉。有一次,周边视线可及的范围看不到垃圾桶,他竟无怨无悔地一路紧握在手里,直到看见垃圾桶,才快步跑过去扔进桶里。

这一切真要归功于婆婆!我为当时对婆婆的误解而感到愧疚。

这件事给了我很大的启发。

婆婆在教育儿子的同时,也告诉了我一个教育理念:只要自己能做的,就不要依赖别人,要学会负责任。

不可不说的育儿方式

那是十多年以前的事情。

当时，国内的大姐刚办妥退休手续，于是我诚意邀请大姐来澳大利亚住段时间，顺便也帮我照看一下儿子，让力不从心的我能偶尔稍息小许。

儿子那时一岁多，非常淘气，尤其喜欢爬高。只要稍不盯紧，准保闹出点事端。

记得一个周日的早上，儿子正在后花园的玩具贝壳里玩泥沙，我在清洗早餐盘子。老公说，刮了好几天的大风，想到房顶上看看树叶有没有堵塞水槽。

一家三口各忙各的。等我把洗好的盘子全部擦干，放回橱里，抬头望向窗外时，儿子已经不在原处了。

我顿时紧张起来，生怕他又惹出什么麻烦。赶紧出了后门，往老公停靠梯子的后院侧道快步走去，同时对着房顶上的老公大声询问，有没有看到儿子。就在我刚刚右转至侧道，抬头仰望的瞬间，突然发现站在梯子中段的儿子，正像只大熊猫一样竭尽全力地抬起他那胖胖的小腿准备再爬一阶。

我吓得两腿发软，差点瘫坐在地！老公示意我，千万不要出声，免得惊动儿子造成意外，并让我慢慢爬上去抓住儿子，他再下来救援……

记得还有一次，我带儿子去商店买东西。我挑选的时候，他还在过道上玩得不亦乐乎，待我拿着选好的东西准备离开时，却怎么也找不到他了。

我跑遍了就近所有的通道还是没能找到。我急得浑身冒汗、面如土色，一边叫着儿子的名字，一边往柜台中心快速跑去，想看看有没有人拣到孩子或者让商场播报一下。

正在这时，商店的紧急警报突然刺耳地响了起来。我赶紧改变方向，朝着警报发出的地方拼命跑去。

远远的，我看到儿子正站在商场仓库旁边的一个硕大塑料盒子上，右手仍停留在墙上的红色紧急按钮键上，正四处张望着，俨然一个嚣张的小恐怖分子。

很快保安过来了。知道我是母亲后，非常严肃地对我说："请你看好你的孩子，谢谢。"

可想而知，那段时间的我整天都为这个小淘气提心吊胆，不敢有半点松懈。

终于盼来了大姐，我很开心，也觉得轻松不少。但同时一丝担忧也相伴而生，因为大姐是个非常溺爱孩子的人，有时爱得甚至没有原则，只要孩子高兴就是她的快乐。

果然，没过多久就发生了这样一件事情：

那天，儿子清晨醒来，可能是没睡好觉的缘故，看上去精神很不爽，显得非常烦躁，就像一个碰不得的小刺猬，动不动就发脾气，处处和我们作对。

午饭后，闹觉的他更是不可理喻。无休无止地吵闹，不玩也不睡，无论大姐怎样和颜悦色地劝说就是没用。过了一会儿，在我的一番艰难说教之下，儿子总算答应了去午睡。

大姐领着他慢慢往房间走去。

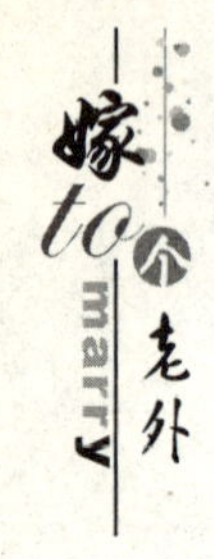

刚走到楼梯拐角准备上楼时，他突然用力挣脱了大姐的手，转身往门外跑去……又是一番苦口婆心的好言相劝，儿子终于被大姐拽了回来。

进门后，他又嚷着不想睡觉，大姐只好又带他回到了客厅。

浑身不自在的儿子，绕着桌子转了一圈，然后双手按住椅子，纵身一跃，竟然成功了！他自己爬到了椅子上，并胜利般地站在上面乱叫。

大姐紧张得赶紧跑过去制止，儿子不仅不听，还大声吆喝，并且哭闹着要爬到桌子上。大姐开始还算坚决，很耐心地哄着儿子说："不行哦，这么高的地方多危险啊！好孩子是不可以站到桌子上的，要听话哦。"

儿子置之不理，继续哭闹，且明显变本加厉。

大姐开始出汗，也表现出了一定的动摇情绪。在厨房热奶的我，听到愈演愈烈的哭声赶紧走了出来。虽然内心深处也很心痛儿子，但我还是非常肯定地说了一声"不可以"，并且示意大姐必须坚持下去。在我的鼓励下，大姐继续坚持着。

可儿子哪肯认输啊？不停地放声大哭，一副不达目的誓不罢休的架势。

还没等我走回厨房，就听大姐突然改口说："要不这样吧，你别哭，我就让你站一会儿，不过只能站一会儿哦。"

听上去像是商量，其实是彻底地妥协。

听着大姐前后矛盾的说教，我情不自禁地想起了自己曾经的一次"说话不算话"的行为。

那次儿子也是哭闹不止，无论我如何软硬兼施，他仍旧大吵大叫。正当我无计可施时，顿生"妙计"，马上许诺说，只要他不哭了就带他去公园。

当我拿起钥匙做出要走的样子时，儿子居然真的不哭了。估

计是兴趣转移所致，他发现了我手中的钥匙，并立刻跑过来夺了过去。

儿子就像得了一件宝贝玩具似的，站在那里好奇地研究着。过了一会儿，他又跑到自己的房间，坐在地上继续玩弄着那串钥匙，完全忘记了我要带他去公园的承诺。

毕竟是一岁多的孩子，喜好转变之快完全无法琢磨。我为自己的“欺骗”成功而窃喜。

晚上老公回家，我得意地告诉他，儿子是如何被足智多谋的我哄骗的全部过程。

老公好奇地问：“那你为什么不带儿子去呢？”

我说：“那只是我不想让他继续哭闹的权宜之策，根本就没打算去。”

老公听了很不高兴，他摇了摇头，非常严肃地说道：“以后绝不可以这样。”

我不以为然的“嗨”了一声，以回击他的小题大作。

见我一意孤行，老公便加强了语气，一板一眼地认真说道：

“假如你答应了孩子，就必须兑现。如果做不到，就不要答应。如若你经常说话不算话，会让孩子的意识里慢慢产生一种被欺骗的错觉。一个长期感觉被骗的孩子，将来很有可能去欺骗别人。”

老公的一番话，虽然听上去有些骇人，但静下心来细想又觉得很有道理。

我表示下不为例。

……

于是，我把这种育儿理念向大姐做了转述和解释。

我告诉大姐：“假如你认为这个桌子很危险，不能站在上面，那么今天不能站，明天不能站，后天还是不能站。”

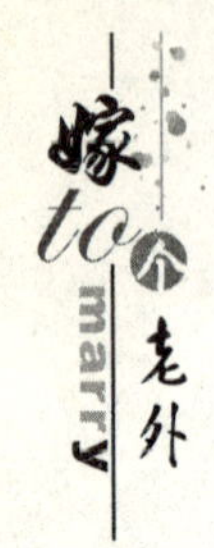

如果开始不同意，因为孩子的哭闹而改变主意，不仅会导致孩子意识的糊涂，还会让孩子产生一种侥幸心理——只要坚持闹，定能实现自己的愿望。

这样的孩子，渐渐地就会失去原则感。一个不遵守原则的孩子，长大后又怎么可能遵纪守法呢？

大姐聚精会神地听着，专注、认真的态度反而像个小妹。随后，我们又进行了一番推心置腹的商讨和切磋，并达成共识：今后决不改变既定原则，自始至终只坚持一种说教，因为这样才是真正为孩子好！

早期的教育方式对孩子人格的形成确实至关重要。不要轻看每一次说教的意义和作用，也不要低估每一个行为的力量和引领。

家长不仅是第一任老师，更是最早掌握孩子人格发展方向的舵手。

姐姐的订婚仪式

2004 年的春天，为了让离异多年，一直处在悲痛中的二姐尽早摆脱昔日情感的困扰，我和老公商量，让二姐来澳大利亚住段时间，希望全新的环境对她能有所帮助。

年底终于办妥了全部手续，第一次出远门的二姐，总算一切顺利地到达了澳大利亚。

情绪低落的二姐让我很心痛。除了安慰和鼓励，我还尽可能地带她走出家门，让美丽的自然之韵慢慢拭去她的烦忧，重新燃起她对未来生活的激情。

不仅如此，我还想方设法介绍一些朋友让二姐认识。

看着二姐的话语逐渐多了起来，脸上也有了生动的表情和美丽的笑容，我更是快乐得无以言说。

有一次，老公的一位朋友邀请我们参加一个家庭聚会。因为是非常熟悉的好友，我便直截了当地问能否带上二姐，朋友非常热情并且真诚地回答道："比欢迎你还要欢迎。"

在那次聚会上，二姐邂逅了我们的另一位朋友——意大利裔的 Joe。成熟、稳重、待人热情的 Joe 给二姐留下了很深的印象。席间朋友讲了一个极其感人的故事，让我们对 Joe 有了更深的了解，

并被其善良、忠厚的为人所深深打动。

Joe 有一个先天智障的哥哥。Joe 完全可以像其他人一样把哥哥送到有关部门,让政府统一照顾,但他却把哥哥一直带在自己身边,亲自为哥哥料理生活中的一切,无微不至地照顾他,从穿衣吃饭到洗澡洗涮,直到 70 岁的哥哥生命终结。

那次聚会之后,二姐对 Joe 渐生好感。在我和朋友的鼓励与撮合下,二姐和 Joe 开始慢慢地交往起来。

两个月后,当二姐的签证临近到期时,Joe 和二姐已经难舍难分地热恋了。两颗孤独的心再一次释放出岁月沉淀的活力和激情。

这让我喜出望外!

在机场送二姐回国时,Joe 恋恋不舍,难言再见。他泪眼婆娑地紧握住二姐的手,动情地告诉二姐,他会很快去中国看望二姐,还说想和二姐永远在一起。

接下来的日子,Joe 就像中澳两国的使者,不停地穿梭于两地,一年之内来了中国五次。工作几十年几乎未请过假的 Joe,这一年将全部的损失都补了回来,破了全公司的请假纪录。

在了解了二姐的为人以及生活态度,并拜见了所有亲戚,尤其是得到长辈的认可之后,Joe 决定向二姐求婚。

为了给二姐过一个今生从未有过的生日,让二姐永世难忘,Joe 决定在二姐生日那天当众求婚。为此,他冥思苦想,周密筹划,还请我帮他出谋划策,不漏掉任何一个细节。

我和 Joe 一起去墨尔本有名的珠宝店选婚戒。Joe 说一定要买一款二姐喜欢的。我开玩笑说:“那就买大一点的喽。”没想到,他真的买了一款又大又贵的。我甚感不安,不停地解释是调侃,且暗自谴责自己的“滥用职权”。

从婚戒到生日礼物，从服装到求婚程序，每一个步骤，我们都做了精益求精的准备和挑选。构思求婚誓言时，Joe还像小学生写作文一样认真地打了草稿。

终于一切准备就绪了。

我和Joe分别订了回中国的机票。接下来是想办法通知二姐的亲朋好友。为了让参加求婚仪式的人流露出最真实的表情，我们决定不对任何人说明真相。

我们的安排是：所有人必须提前到达，等待Joe和二姐的出现。

亲戚大多是长辈，若不告知实情，让他们空等，实在说不过去。可是想来想去也想不出更好的办法，只好和亲戚们说，Joe想为二姐庆祝生日，想请大家吃一顿非常特殊的晚餐，必须准时到达。至于如何特殊，到了自然就清楚了。

一番明察暗访，我终于弄到了二姐各路好友的电话号码。然后，每路好友各找一两位代表，再让他们通知其他朋友。

在紧张有序的忙碌中，终于迎来了二姐的生日。

二姐后来告诉我，那天很郁闷。早上起床后，既没收到Joe的鲜花和礼物，也没发现Joe有什么安排。Joe只在早上漫不经心地说了一句“生日快乐”，就再也没有任何反应和表示了，好像这个日子与他毫不相干、毫无意义似的。

眼看就到晚饭的时间了，Joe还是没有任何提议，这让二姐有些难过，心底的期盼慢慢滋生出凄然的伤感。正在这时，我把一切准备就绪的信号发给了Joe，并打了一个电话给二姐，假装探寻地问晚上是否有安排？

二姐带着失望的语气回答“没有”。

我假装平静地说，自己正巧在他们酒店附近。如果没事的话，就请她和Joe一起吃晚饭。

十几分钟后，Joe 和二姐先后来到了大堂。Joe 穿着特意准备的求婚服装（因为他一贯很讲究穿戴，所以没引起二姐的怀疑）。二姐以为只是吃顿饭，就没刻意打扮。

二姐和我边走边聊，走到预定的宴会厅门口时，我故作轻松地示意二姐把门打开。二姐没有任何防范，一边交头接耳地与我说着话，一边打开了宴会厅的大门。

随着大门开启的一刹那，里面坐着的近百位宾客，在主持人的带领下一起鼓掌并齐声高呼——生日快乐！

二姐无论如何也想不到会是这样的场面！

她顿时呆住了，目瞪口呆地站在那里。她那冰一般寒凉的手紧紧地抓着我，微微抖颤的身体靠在我的身上，好像没有我的支撑，她就会倒下去。

好一阵，她才缓过神来，反反复复喃喃自语道：天呐，这是干什么呀，天呐……

我搀扶着她，慢慢地朝我们座位的方向挪去。

大厅里一片热情的海洋，仪式一幕比一幕精彩。

在主持人的安排下，Joe 走到大厅中央。

他接过话筒，心情激动地说："今天是我生命中最难忘的一天，我希望大家能够为我见证这个非凡的时刻。我祈求上帝，从今天起，让另一个女人加入到我的生命里。"

大厅里非常安静，人们正聚精会神地听着 Joe 的动情演说。

Joe 稍作停顿，看了看二姐，接着幽默地说道："不过我要先征求一下她的意见，不知她是否愿意做我的未婚妻？"

说着 Joe 朝二姐走去。

人群中发出了赞叹声，接着开始不停地鼓掌和欢呼。

Joe 无限柔情地看着二姐，然后单膝跪地，拿出早已准备好的

钻戒捧到了二姐面前，问道："亲爱的，你愿意嫁给我吗？"

还记得当时妙趣横生的一幕：

焦急的我发现二姐仍然神情恍惚，紧张地不能自已。为了打破尴尬的静止场面，我急忙替二姐说了一句："我愿意"，搞得全场哄然大笑，前仰后合。

随后，Joe 又对二姐表达了永远不变的爱情誓言，接着还献上了生日礼物。

整个大厅一片沸腾，人们发出了长久不息的掌声。

当人们开始畅所欲言、交杯换盏的时候，紧张的二姐才逐渐回过神来，开始说话。我期盼着她的感激之言，毕竟绞尽脑汁忙碌了这么久并且达到了预期的效果，可听到的却是："你真是的，干吗不提前告诉我一声啊？"

我故作嗔怨地说道："为了给你这一瞬间的惊喜，我们费了多少精力啊！你应该感谢才对，怎么反而埋怨起来？"

"你看我多狼狈，起码我可以收拾一下自己吧。"

"如果换成老外，她会抱住男友，泪雨滂沱！不要说没有打扮，就是穿着睡衣也无所谓！这个时刻带给你的幸福，难道抵不上这点不适吗？"

幸亏 Joe 听不懂中文，不知道我们在说什么，只是偶尔用不解的眼神看我们一眼。我明白，他困惑不解的是二姐的态度，为什么不像他预期的那么感激涕零？进门之前他还得意地告诉我，他怕二姐激情难抑、泪流不止，特意准备了两条手绢！

我平复了一下情绪，把整个筹划过程、Joe 的美好用意以及每一个细节安排都一五一十地告诉了二姐。然后说道："你知道 Joe 花了多少精力和时间吗？一个不是真心爱你的人会这么做吗？"

二姐认真地听着。

看得出,Joe 所做的一切给了二姐很大的触动,也使她渐渐明白了另一种文化解读出的一往情深!

周围和谐美好的气氛让二姐终于完全放松下来,可以全神贯注地去感受 Joe 的这份痴情灼恋。她的神情由感动渐渐变得羞涩,面颊浮起幸福的红晕。

二姐缓缓转向右边,深情地面对着自己的未婚夫,并紧紧地握住了 Joe 的双手。她如同宣誓一般动情而坚定地说道:

“亲爱的,谢谢你为我所做的一切!上帝赐给我今生最好的生日礼物就是你!能和你在一起是我生命中最大的盼望和幸福。我会永远珍惜你,我爱你!”说完,二姐伸开双臂,给了 Joe 一个甜蜜而深情的拥抱。

Joe 就像中了头彩一样眉开眼笑、喜极而泣!他紧紧地抱住了温柔、美丽的二姐。

伴随着二姐和 Joe 的激情热吻,大厅里爆发起热烈的欢呼声、口哨声和掌声,以及人们发自内心的深深祝福……

圣诞节小趣闻

去年圣诞时，老公讲了一件他幼时发生的与圣诞有关的趣事：

那是某一年的圣诞前夕，婆婆用平日积攒的钱给老公他们姐弟 4 人买了很多圣诞礼物。这些礼物是准备以圣诞老人的名义送出的，通常是在圣诞节的早上，孩子们起床后，在床边的圣诞靴子里发现。

婆婆将所有礼物藏在衣橱里一个不易察觉的角落，而且不断添加，因为要装满四个靴子需要不少东西。

“不幸”的是，有一天这个藏着秘密的衣橱被老公当时 9 岁的妹妹发现了。可能是那本《狮子 · 女巫 · 魔衣橱》的童话书给了她太多的启发，她也想探寻衣橱里是否藏着秘密通道，结果没发现秘密通道的她，却把婆婆替圣诞老人买的礼物全部拖了出来。

这给了婆婆一个措手不及！

婆婆急中生智，即兴编了几段故事，总算打消了孩子们的疑问。可棘手的是，必须重新购买新礼物以取代那些被发现的。婆婆被难住了，当时购买礼物的钱可是她每周拿出一元放在储蓄罐里慢慢积少成多的。

重新购置礼物将是一笔不小的开支，而且圣诞将至，家庭其他开销又多，这绝非一件轻而易举的事情。婆婆心急如焚，只好省吃俭用，暂缓或取消了一些其他家庭开支才得以实现。

为了孩子们心中的圣诞情结，真是难为婆婆了。

老公说，看到妹妹翻出的那一堆他们祈求圣诞老人所赐的礼物时，他就开始怀疑圣诞靴子里的东西是否果真是圣诞老人所送，他还告诉妹妹，圣诞老人可能是妈妈冒充的。

天真的妹妹说什么也不相信他的“胡言乱语”，这个圣诞老人的铁杆粉丝坚定地捍卫着心中圣洁的偶像，对圣诞老人的传说深信不疑。

直到老公12岁，这是一个通常可以解密的年龄，婆婆终于说出了真相并叮嘱老公：必须承诺保密，不可以告诉弟弟妹妹们。

这个西式的传统在我们家也延续了下来。

从儿子懂事起，不管他对这份情结明白与否，我和老公都会认真准备，绝不敷衍。我们也模仿婆婆，把所有礼物分成两部分，一部分是我们送的，另一部分是圣诞老爷爷送的。

想从爸爸妈妈这里得到的，儿子会直接告诉我们；想从圣诞老爷爷那里要的，我们也会巧妙地弄清楚。

每年圣诞之前，各大购物中心都有和圣诞老人拍照留念的服务。慈祥的圣诞老人在拍照前总会与孩子们聊一会儿。儿子便利用这个机会悄悄告诉圣诞老爷爷想要的礼物，再被我“骗着”复述一遍，我们就记住了。

大约五岁那年，儿子学会了思考。还偶尔像抽查测验似的向我们提一些出其不意的问题，有时还挺有难度。

记得有一次，儿子问我：“妈妈，圣诞老爷爷是怎么进来的？”我没敢回答，立刻将问题推给了老公。心想：是啊，门窗紧闭，他该如何进来才符合情理呢？

老公想了想，笑着回答道：“大概是顺着壁炉的烟囱下来

的吧。”

我竟忘记了还有这个对外开放的“窗口”。

不过大部分问题还是难不倒我的，诸如：圣诞老爷爷是坐飞机还是走路？他几点到我们家？

我告诉儿子：“圣诞老爷爷肯定是在我们睡觉之后飞来的，因为有很多礼物要送，若走路的话，他的时间会不够用的。”

从那时起，每年平安夜的晚上，儿子总是催我们尽早睡觉，口气中还显示着强烈的忧心忡忡。他说，他担心如果家里有灯光，圣诞老爷爷就会先去别的小朋友家，好像圣诞老爷爷一旦去了别处，就不会来我家了一样。

于是，平安夜总是一年中全家人睡觉最早的一天。临睡前，儿子还会根据传说中的情节，把一小盘切好的胡萝卜和一杯牛奶放在壁炉前作为“宵夜”，以迎接圣诞老爷爷的到来。

每年，我们总要等到子夜12点以后才敢进儿子的房间。老公说，儿子肯定会在很长一段时间里半睁着眼睛装睡，期盼看到圣诞老爷爷。几乎所有的孩子，都有这种“实在熬不住就睡着了”的经历。

记得有一年，我们正在做贼一样蹑手蹑脚地往靴子里放礼物，一直没睡沉的儿子突然醒了。

他立刻爬起来问我们为什么在他的房间。

我急忙说：“一觉睡醒，我们想看看圣诞老爷爷有没有给你送来礼物，结果发现老爷爷已经来过了。”

我边说边把礼物拿给儿子看，而且装得比他还要惊喜，以使其确信这个传说的“真实”。

虽然有惊无险，可儿子再也睡不着了，非要打开所有的礼物，一直折腾到凌晨两点。

2009 年的圣诞节，我们是在美国度过的。

临行前我和老公商定，只带上我们互送的礼物，圣诞老人送的仍放家里。那一堆礼物背去还要背回，实在麻烦，还是等儿子回来自己发现吧。

儿子为这事费了不少心思，当时已上小学的他，还向老师和同学做了咨询。老师出主意，让他给圣诞老爷爷写封信说明原委。一个同学还告诉儿子，他用过这个办法，绝对没问题，儿子也觉得很有创意，既能收到礼物，圣诞老爷爷又不必空跑一趟，便决定采用此方法。

于是，儿子给圣诞老爷爷写了一封信，很多单词还是现查的字典。其真诚、认真的态度就像写给心仪女友的第一封情书，情真意切，让人不忍拒绝。

他写道：亲爱的圣诞老爷爷，节日期间我们要去美国，可是我不知道圣诞节那一天我会在哪里，所以无法告诉你具体的地址。你就不用去美国了，把礼物放在我的床上就可以，等我回来就看到了。亲爱的圣诞老爷爷请你一定原谅我，不能给你准备宵夜了……

儿子把写好的信放在壁炉前面的茶几上。在信的上端又放了一张他的照片，估计是想提醒圣诞老爷爷，要给这个孩子送礼物吧。

做完这一切，儿子还是不放心，担心圣诞老爷爷万一放错了房间，或者找不到地方。于是，他又在茶几下面放了一张画有箭头指示他房间走向的路标，在方向的尽头又画了另一张，在楼梯的拐角处还有一张“请上楼”的“友情提示”。

看着儿子的这份天真烂漫，我有种说不出的感慨！有时真希望它不是个传说，这样就无需破坏儿子那纯净的遐思了。尽管这个想法就像我希望他永远不要长大一样不现实，但还是情不自禁地空想过无数次。

单纯，随着年龄的增长会转换成另一种形式的简单，它同样耐人寻味，有时甚至让人啼笑皆非。

前年的圣诞之前，一位刚嫁给老外的好友 Lily 打电话给我。她不停的笑声让我丈二和尚摸不着头脑，问她什么事这般好笑，她便将事情的经过慢慢向我道来：

Steven（Lily 的老公）去商店买了两件圣诞礼物，然后又去另一家商店买了一卷漂亮的包装彩纸，回家后让 Lily 帮忙把礼物包好。Lily 严格按要求包好后，Steven 在上面贴了一张写好的卡片，放到了圣诞树下。

Lily 觉得很好奇，便走到圣诞树前看了一眼，结果发现上面署名的送礼者和收礼者都是 Steven 自己。

Lily 笑过之后问道："你送给自己的东西干吗还要包起来？又不是不知道里面是什么，这不是浪费吗？一卷纸也不便宜啊！"

我不无同感地告诉 Lily："很多老外都是这样，他们追求的是打开包装纸那瞬间的满足和乐趣，一种类似孩子的心态。"

Lily 又不停地笑了起来。

"对他们而言，感觉有时比钱更重要。我老公也是这副德行。"为了宽慰 Lily，我顺便也"声讨"了一下。

我告诉她，像我们这种中西合璧的家庭，价值观的不同会是一个特别显著的问题，必须学会包容和接受，她深有感触并表示赞同。

我接着给她讲了一个我老公的故事，逗得她捧腹大笑。

有一年的圣诞前夕，老公在家忙着写圣诞卡。当时老公 83 岁的外婆还健在，于是他挑选了一张特别漂亮的圣诞卡准备写给外婆。

他坐在桌前想了一会儿，然后挥洒自如地一气呵成。见他一脸坏笑，我便好奇地拿起看了一眼。

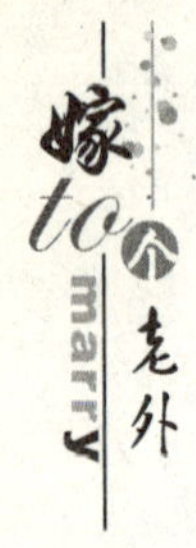

大体内容是这样的：

亲爱的外婆，这么多年我总想送你一个特别棒的圣诞祝福，可一直没想好，直到这个圣诞节前我终于想清楚了。

请收起你的那些黄色小说吧，不准再在梦里与你的旧情人幽会了。赶紧打扮起来，出去找一个你喜欢的男朋友，哪怕年龄很小也行，当然，最好比我大。

我希望这是今年你收到的最称心的圣诞祝福。愿上帝帮助你实现这个愿望！

圣诞演出的联想

每年一进12月，圣诞节的气氛就变得越来越浓了。很多家庭已经开始装饰花园，布置房间，准备节日所需的食品。

最费心的是圣诞礼物的选购。家庭成员之间必须互送，比如我家的什么小姑男友、小叔女友，一个都不能少，尤其是孩子们特指的礼物，就更是费力劳心，一定要去专卖店才能买到。所以这个期间，每个人都忙得像工蜂采蜜般团团转，总觉得时间不够用。

那一年儿子三岁多，已经在幼儿园的中班了。

一个周一的晚上，接儿子回来后，看到书包里有很多儿子画的七彩图画。虽然我怎么也看不懂，但仍觉得它们是杰作。

欣赏完儿子的作品，我在书包内侧又找出了几份园里印发的简易通知。其中一份说的是圣诞之前的周五晚上，将在园中的花园里举行圣诞演出，欢迎家长前去观看（所谓演出就是孩子们一起唱唱圣诞歌，也就半个小时左右）。

那段时间，老公所在的公司正筹备上市，忙碌的他几乎天天开会，回家的时间总在晚上10点之后，而圣诞演出是晚上6点，因此我根本没指望他能去。另外也觉得这种芝麻小事算不了什么，去不去的无所谓。

晚上，老公照例很晚才回来。喝咖啡时，他看见了那张圣诞演

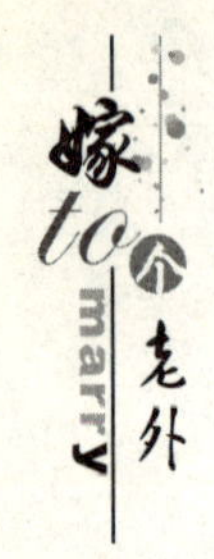

出通知，并顺手拿了起来。我善解人意地说道："你就别为这些小事分心了。"

老公看完后，非常兴奋并且认真地说道："这可不是小事，我肯定会去的。"

我没理他。心想，不过说说而已，谁会为了看孩子唱歌而影响工作呢，有这么主次不分的吗？

每天忙得不可开交，还有很多礼物要选购，我自己都怕没时间去看，更不用说老公了。

那个周五到来的时候，我以为老公早忘记了，甚至有种"高瞻远瞩"的自豪感——果然不出我所料。

可是下午3点左右，老公突然打电话确认儿子的演出时间。我又一次明确并且体谅地告诉他："这样的小事无需搞得如此紧张，没时间就算了，根本不必多想……"

晚上，儿子磨磨蹭蹭地好不容易吃完了饭。刚出家门又要上厕所，我问儿子是不是太紧张，调皮的儿子竟煞有介事地说：有点。

把儿子送去幼儿园时，演出正好开始。儿子所在的小组是第一批演唱的队伍，4个小朋友已经往台上走了。

好悬啊，差点迟到！

把儿子送上台，我站在侧面正聚精会神地观看，突然有人拍了我一下。扭头一看，老公不知何时站在了我身后。

我正打算与其点评儿子的演出，他却满脸的不高兴，带着恼火的语气低声怪罪我："为什么来得这么晚？"

我惊奇地看着他，感觉就像对着一个陌生人，还从未见他对我发过这么大的火，而且是为这种小事，真让我费解和伤心！

我找不到合理的借口，只好拿他刚才说话的态度做文章，强词

夺理地说道:“找不着停车位。我又不是故意晚来,至于吗?”

我继续借题发挥道:“这又不是什么了不起的事儿,你若没有时间就别来,我肯定不会怪你。”

老公缓和了语气,悄声说到:“你仔细看看周围,有没有父母不来的?”

刚才光急着赶时间了,还真没注意。这一看才发现,真如老公所说,都是夫妻双双,而且人数也大幅超额,全园一共二十几个小朋友,台下来的观众却足有六七十人……

望着在青草地上忘情咏唱的孩子们那一张张欢畅、洁净的稚嫩笑脸;感动着那些发自肺腑的天籁纯声,我差点没蓄住幸福的泪水。

幸亏及时赶到了,否则别说老公生气,连我自己都觉得“罪莫大焉”!

演出结束后,和几位家长一起聊天我才知道,很多孩子的祖父母们也来了。他们当中的许多人是从很远的地方开车赶到的。难怪那么多的观众。

其中一对老人家,因为年龄和身体的原因,行动有些不便,所以提前一天就被孩子的母亲接到了家里。为了能看到外孙的演出,这些老人要克服多少困难啊!

好多孩子的父母也像老公一样,不得不放下手中的工作,甚至从会议的中途早退,一路兼程地喘吁而至。那一刻,他们对孩子挚爱的表达诠释在每一个超然的决断与急速的行进中。

儿子一位要好的小伙伴的母亲,是从银行主管的会议上告退赶来的,演出结束后,匆匆与我说了几句话又准备离开。她说,正好借机带孩子们去购物中心吃饭,顺便购买圣诞礼物。

想想自己,饭饱衣暖全职在家还抱怨时间不够,实在惭愧!

那位母亲临走时，说了一段平凡而又富含哲理的话，让我愈加羞愧难当。

她说："孩子们站在台上的那一刻，最想看到的就是自己的爸爸、妈妈以及亲人们为他们鼓掌，给他们力量。那一刻，没有什么比亲人的笑脸能让他们感觉更幸福的！我们如此爱他们，又怎能让他们失望呢？"

过去，我像个对着镜子看自己旋转的舞者，完全不知道别人的功底。灵魂深处一直坚信：西方人的父母不如中国的父母爱孩子。那一刻，这种感觉瞬间飘散得无影无踪。

我们的爱，太物质而忽略了精神！

很多父母以为给孩子丰厚的物质就是爱,并不懂得如何富足孩子的心灵。像这种圣诞演出,那些忙碌的父母们,一句简单的"我很忙"可能就应敷了事了,却不曾知晓孩子心灵的缺失。

我自己不就是最好的例证吗?

其实忙与不忙都是相对的,关键看你在意的程度。对于那些所谓忙碌者而言,即使一天变为三十六个小时,他们仍会一如既往地忙。所以"忙"有时更像是借口或者搪塞的变异词。

这次圣诞演出给了我很大的触动。我再也不孤高自诩地认为西方人不如我们了。因为,无论多么丰饶的物质都无法填充精神上的缺失,而精神的富足却能抵御物质的贫乏。

所以,精神的爱才是更难能可贵的!

我突然想起了另外两位了不起的澳大利亚父母,他们的故事曾让许多人震惊、叹息和反躬自省。

几年前,一位叫 Bradley 的维省(墨尔本)省长突然辞职了。他当时是6位省长里最年轻,也是获支持率最高并最有可能成为澳大利亚未来总理的一位。但是他放弃了。

辞职的那一天,他发表了简短但饱含深情的电视讲话。他是这样说的(部分大意):

过去因为工作太忙,我没有足够的时间和精力关心家人和孩子的成长。前段时间,我发现了大儿子两张超速驾驶的罚款单,后来还有一次酗酒撞车的记录,我终于意识到问题的严重性了。

家庭是社会的元素。如果我连一个称职的父亲都做不好,又怎能做好一个省长呢?所以我决定辞去省长的职务,把它让给更好更有能力的人担当,这样我也可以有更多的时间教育子女,陪伴家人……

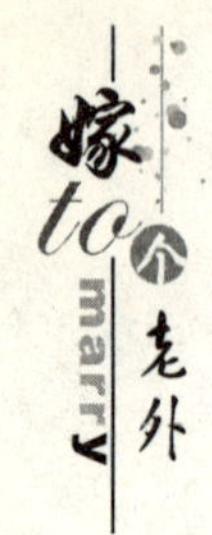

另一位母亲是美国一家著名跨国公司在亚洲的首席代表。当她接到克林顿总统发出的企业家午茶邀请函的同时,也接到了女儿大学毕业典礼的邀请通知。

真巧,竟然是同一天!

她毅然选择了参加女儿的毕业典礼。正如她自己所说的那样:去白宫喝茶,也许以后还有机会。可是女儿的毕业典礼,一生只有这一次,失去了就是永远的遗憾……

诚与真

有这样一个故事：

一天，国王给每个孩子发了一粒花种，说种出最美丽的花的孩子，就是未来的国王。评选的那天，只有一个孩子端着空空的花盆，然而恰恰是他被选中了。原来，花种都是被蒸熟的，是不能发芽开花的。国王就是希望选出最诚实的孩子来做接班人。

其实，无论中外，孩子的本性都是天真烂漫、纯真可爱的，关键是保护好孩子们真与诚的天性，而不受污染。

所幸的是，到目前为止，我的儿子不会撒谎，有时还“真”“诚”得令人捧腹。

儿子五岁时，我带他一起回中国过春节。

春节期间，儿子快乐极了。放鞭炮，点礼花，祭祖拜年……那许许多多的礼俗，让他既惊奇又开心，尤其是长辈们给了许多压岁钱之后，更是兴奋得又蹦又跳。

儿子逢人便将厚厚的一叠压岁钱拿出来展示，嘴里还熟练地换算成等值的澳元，洋洋自得，喜悦之情溢于言表，简直就像个一夜致富的小暴发户，以至我都有点担心，小小的年纪，什么时候学会了见钱眼开、爱财如命了呢？

不过，很快我便打消了这个不必要的担忧。

一位曾与我有过患难之交、事业有成的挚友，出手就给了这个

"干儿子"两大摞压岁钱。儿子瞪着两只大眼看了半天,忽然有点像受了惊吓似的,躲到我身后。儿子摇头摆手,用别扭的中国话连说不要。然后,还悄悄告诉我:"妈妈,太多钱了,我不想要压岁钱了。"

哈,真诚的傻儿子还有点"君子爱财取之有道"的作风。我乐了,支持了他!

老公也常说,孩子只要是"真""诚",就应该鼓励保护,尽管有时"真""诚"得令人哭笑不得。

一次,儿子上钢琴课时故意装糊涂,对老师有些不礼貌,我很生气。虽然老师并不在意,说这是孩子天性使然,但老师走后,我仍然狠狠地责备了儿子几句。

儿子不停地解释说,今天情绪太低落了。

这也叫理由?我声高八度地继续说道:"什么不舒服,分明就是不想弹。"

"你这个妈妈真是不可理喻,太不懂得尊重人权了。难道你就没有不舒服的时候吗?"

"还不乖乖地承认错误!"我气得大声吼道:"我今天就是不尊重人权了,看你能把我怎么样?"

从未发过这么大的火,我以为儿子会被镇住,戛然而止。

没想到儿子不仅没被吓倒,还强烈不满地低声说了一句:"真是个法西斯妈妈",然后往楼下跑去。

"谩骂"对我而言,无疑是火上浇油!我几乎失控,追到房间门口,喘着粗气,厉声喊道:"你再给我说一遍!"

老公听到了我和儿子的争吵,急忙跑过来。这父子俩永远是一个战壕的战友,肯定是来救援的。

儿子见老公跑来助其脱离困境,感动地张开双臂准备冲下楼梯和老公拥抱。突然,他像想起什么似的,急促并且非常认真、严

肃地对老公说道:“我马上下来,但现在必须上去,因为妈妈让我再说一遍。”

……

保护孩子的真诚,是出于我们常说的:做好事,首先要做好人。正所谓“内修以品,外律于行”,良好的“品”与“行”是人生成功的基础。如果说孩子的真诚是与生俱来的,那么成人的“真”“诚”则更多是不断“修”与“律”的结果。

在这方面,我也得益于父母的言传身教。

记得当年,母亲的一位正直的好友,因莫须有的罪名受审。当很多人选择远离时,母亲挺身而出,讲明真相,不仅到有关部门替朋友说理求情,还带着自己省吃俭用积攒下来的钱去农村探视。为此母亲差点受到牵连,但她始终不悔。

我永远记着母亲的教诲:古人云“天行健,君子以自强不息。地势坤,君子以厚德载物”,做人,要像天宇一样运行不息,即使颠沛流离,也不屈不挠;要像大地一样,有承载万物的博大度量。

母亲用自己的言行雕勒出了我心中隽永柔和的善良与真诚。虽然母亲的生命只有短短的49年,但她对我的影响却是一生一世。

有一年,我陪澳大利亚电器公司的一位董事去山东一家企业考察。考察结束后,正值中秋节的前夕,我就想多呆几天,陪家人过完了中秋节再回澳大利亚。

那天把客人送到机场后,司机又将我送回了公司,因为有些文件要带回澳大利亚,回去取文件,顺便也和公司的同事们道个别。

中方总经理向我真诚致谢后,又强调了一遍我们之前谈好的条件:在国内期间,我所有的费用都由他们负担。并说早已向财务交待了,让我回澳大利亚之前把所有单据拿去报销即可。

走出公司，心血来潮的我，决定去旁边的商业大街转一转。这段时间一直忙，也没有时间出来看一看，所以想好好放松一下。于是我告诉司机：业务已经结束，从现在起不必再管我了，我会自己安排的。

提着在商业大街扫荡的大包小包，我兴奋地搭了一辆回家的出租车。

车停在家门口之后，计价器自动打出了乘车费用的收条。

拿着找好的零钱，刚要伸手接住司机递上的费用条，我突然像被闹钟提示了一样，猛然意识到：从现在起，就不再是业务用途了，纯粹是私人行为，那么今后的费用也应该自己负担才对。所以我就没要收据。

而且从那天起一直到离开，我再也没要过任何的报销单据。

回澳大利亚前，我把票据贴得整整齐齐，还认真注明了时间和消费用途，拿到财务准备报销。

出纳小乔热情地接待了我。她接过票据，放在桌子上仔细地看了一会，然后问道："最后这几天怎么没有任何单据呢？"

"最后这几天？这几天是我完成了业务之后的私人时间啊，这些费用当然应该我自己承担喽，怎么能让公司报销呢？"我赶紧解释道。

小乔笑了起来，说道："没关系的，总经理都交待过了。"

我有些不太好意思："这样不太好吧！再说，我也没留任何单据啊。"

小乔笑着摇了摇头。

我也笑了……

把它写进遗嘱

老公是个超级音乐发烧友，从摇滚到流行、从古典到现代，以及各种音乐派系、音乐组合，他几乎无所不知。就连专业人士都很钦佩他对音乐的理解和感觉。

记得一位美国音乐家朋友曾经这样评价过他："从没见过这么精通音乐的业余爱好者。"

我以为他只通晓欧美音乐，没想到他对中国音乐也很在行。前几天，他激动地告诉我，很喜欢一个叫"冷酷陷阱"的中国组合，然后情绪激昂地大肆宣讲他们的与众不同。

就像对牛弹琴，我听了半天也没弄明白他的意思，为了不让其扫兴，只好假扮粉丝，点头称是。

由于音乐占领了老公很多的业余时间，我经常调侃说：音乐就像是他的"情人"，是夹在我们中间的"第三者"。

2008 年，老公参加了一次音乐知识竞赛活动。这是一次非同寻常的美好体验，说起来还真有些戏剧性。当时的情景至今仍历历在目，让我难以忘怀。

澳大利亚 ABC 电视台有一档叫"Spicks & Specks"的专为音乐发烧友准备的知识竞赛节目，每周三晚七点半播出。2008 年圣诞节之前，也是年度的最后一期，节目改为在澳大利亚 5 个主要省城做巡回现场，以便让更多的发烧友有机会参与。

老公肯定不会放过这种难得的机会。刚开始售票，他就想方设法预订了三张楼上一排的佳座。他说，只是好奇，想去看看而已，不会参加竞答的。

现场设在墨尔本 Comedy 大剧院，全场座无虚席，场面火爆。主持人完成了楼下的筛选后，转向楼上提问：

“Mils Davis(爵士乐之父)出版的第一张 CD 的第一只曲子叫什么名字?”

主持人连续重复了三遍。整个楼上鸦雀无声，一片寂静。

我扭头看了老公一眼，见他神态自若的样子。于是，我做了一个异常大胆且未计后果的决定：双手握住老公的右手，和他一起举了起来……果然，他的回答得到了所有人的掌声。事已至此，他别无选择，必须参加竞答。

我暗自得意。

经过近三个小时的紧张角逐，层层筛选，几乎是在我的预料中，最终老公夺得了那次墨尔本现场的冠军！

事后，老公带着嬉闹的口气对我说：“你不是特别‘痛恨’音乐吗？这次怎么如此热衷呢?”

其实我不是“痛恨”音乐，而是“痛恨”他花钱太多。

对于音乐欣赏上的消费，老公从不吝啬。今天从英国预订一套世界绝版唱片，明天又从美国邮购一款收藏系列唱片，家里的信箱几乎每周都有包裹通知。墨尔本最有名的音乐收藏店定期给他送周刊。若碰到喜爱的歌手来澳大利亚演出，他会随行至每一个城市，更有甚者，还会约上几个音乐发烧友一起飞往国外，亲临音乐会现场。

我调侃说，他们不是粉丝，是群无可救药的“疯子”。

记得有一年，老公做了脚腕手术。期间，卧床休养的老公听到一个推出新唱片的信息：那是一个加拿大乐队组合的收藏系

列，只售500套。老公不能前往，焦急万分，赶忙打电话预购，再委托我去商店取回。交钱时一看标价，气得我差点给退了，一个像鞋盒尺码的六盘CD收藏盒竟然要六百九十澳元（四千多人民币）！

我和老公说，若不是我勤俭持家、精打细算，他肯定负债累累。

为了这些音乐收藏，老公还在全澳大利亚唯一一家投保此类项目的保险公司，做了唱片系列的特殊保险，以防万一。

待遇如此之高，这哪是唱片啊？分明就是价值连城的奇珍异宝。

就在那场音乐知识竞赛后不久，我和老公进行了一次有趣的谈话。

当时，老公的一位多年挚友因心脏病突发不幸去世了。老公是这位朋友的遗嘱执行监督人。为朋友忙碌完一切后事的那个晚上，我和老公也不自觉地谈到了我们自己的身后安排、遗嘱事宜等等，不知不觉中就谈到了他的唱片。

我说："这些东西对我来说没有任何意义，万一你有什么不测，我可能会扔掉。"我故意这么说，也借题发泄一下对他平时乱花钱的不满。

没想到，老公竟信以为真，可能处在悲痛中的他还没有缓过神来，不曾想我是在调侃吧。他的情绪突然变得很激动，用近乎开批斗大会的语气冲我吼道：

"绝对不可以这样做！"

一向幽默的老公，因为一句玩笑，竟变得如此狂暴，我突然觉得很有趣，并琢磨着调侃他一回以报经常被调侃之"仇"。

于是，我假装态度依旧地坚持着："我肯定会扔掉的！"

"这简直是对音乐的糟蹋！"老公几乎要愤怒了！扭头走出了音乐室。

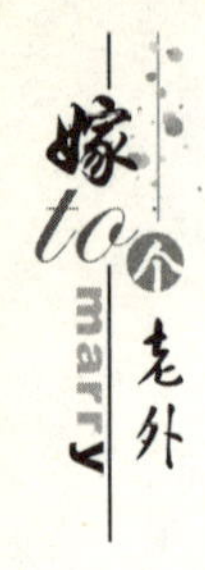

我在音乐室正偷着乐，老公又走了回来。

他先是无奈地叹了一口气，接着极度伤感地说道："若真有那么一天，还是把这些唱片送给那些懂得和热爱音乐的人吧。不仅让美好的音乐得以传承，也可以让热爱音乐的人享受到音乐的真谛……这样无论对音乐还是音乐爱好者都是最好的安排。"

我怕控制不住会笑出声，赶紧转向另一面，并故作镇静地说道：

"总不能白送吧，是不是应该换点钱啊？"

"是不是白送并不重要！最重要的是，这些人都是真正喜欢和热爱音乐的人，即使白送我也很高兴。让这些美好的音乐能够在真正热爱和喜欢它们的人手里保管，这是我最希望看到的！"

更可笑的是，说完这些对音乐深情款款的话，他转身去了书房。我坐在音乐室想了半天，正发愁该如何收场时，他又快步走了回来，手里还拿着一摞纸。

他将那摞纸递到我面前，说道："这是我刚从电脑里打印出来的。"

我莫名其妙地拿着那摞纸，疑惑不解地看着他，不知其用意。

见状，老公马上解释道："这是我的三千多盘磁带的名称，以及和我有音乐交往的所有朋友的联系方式。假如有一天，真有什么不幸发生在我身上的话，请你一定通知这些人。"

他一副郑重其事的模样，好像在进行商业谈判，而且对方别无选择，必须全盘接受。

最后，他用无可争辩的语气告诉我，他会把（送磁带）这件事写进他的遗嘱里……

我坚信万物有灵。生活需要爱，唯有真爱，才能唤出生命的美丽色彩，才能显示它真正的存在意义。即使在我们看来是无生命的万物，也需要一种更高意义的生命之爱。

就事论事

她叫小静，是一位好友的女儿。当年，好友想为小静添个弟弟，结果事与愿违，让小静多了两个妹妹——一对双胞胎。

父母整天忙碌奔波，无暇顾及出生不久的小妹妹们，小静便像个“小妈妈”似的，承担起照顾妹妹们的责任来。生活让小静过早成熟，她比许多独生子女少了娇宠溺爱，却多了体恤温顺，比一般的孩子显得要乖巧、独立，懂事得多。

去年，小静被好友送到了墨尔本读书。几年不见，已经长成大姑娘的小静出落得亭亭玉立，更加甜美、可爱。几次接触之后，我们全家都喜欢上了这个善良、和气的小姑娘。

几个月紧张的学习生活很快告一段落，小静终于迎来了一次学校的长假期。小静告诉我，她不想回国，打算找份零工，赚钱的同时又能锻炼英文，还可以减轻父母的负担。

真是个懂事的好孩子。我表示全力支持并告之会尽力帮忙，并终于在朋友的公司帮她寻到了一份小时工。

小静非常开心，每天穿梭于银行与邮局之间，干得非常卖力也很充实。业余时间，小静便刻苦学习以淡化对亲人的思念。

一个周末，我打算接小静到家里住几天，也想顺便带她出去走

走，因为来了几个月的小静，还没去过任何景区。

周五的下午，我很早就把小静接到了家里。懂事的小静还买了礼物给儿子，晚饭时又跑到厨房帮着忙前忙后，俨然家人一样。儿子不停地告诉我，很喜欢这个大姐姐。

饭后，我和小静坐在沙发上闲聊，除了生活上的关心，我还仔细询问了小静的一些近况。

小静上的是一所很昂贵的女子私立高中，同学主要是澳大利亚孩子。因为语言的关系，功课有些吃力，和同学交流也存在不小的障碍，还没有什么朋友……说到这里，小静有些郁郁寡欢。

我马上移到了小静身边，想用这样的缩小间距将温暖和爱意传去，驱走她的无助与孤寂。

我拉起小静的手，柔情地看着她，并讲了很多自己的亲身经历以鼓励她。最后我告诉她：一定要多和同学们交流，绝不会有人介意她的英文。若封闭自己，别人也不愿与她走近。

可爱的小静认真地听着，并不停地点头表示同意。稍后，她又不无担忧地叹息道，她怕同学们不喜欢她。她还讲到班里一个戴眼镜的高个子希腊女生，总是不理她，好像对她很反感似的。

最后，小静疑惑地问我："那个女生是不是个种族歧视者呢？"

我很理解这个自觉、友好的小女孩。我抚摸着她飘逸的长发，怜惜而动情地说道：

"要想被别人尊重，首先要做好我们自己，让自己拥有好的行为、道德和品质。我想，任何人都会尊重和喜欢一个好人的，你说是吗？"

小静非常赞同地使劲点了点头，脸上立刻扬起一个甜甜的微笑。

我意味深长地继续说道："你说那个同学不理你，那么你理她

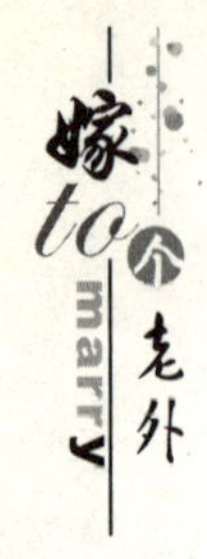

了吗？你也从没主动与她交流过啊！如果站在对方的角度，她也可以认为，我们中国人没有礼貌，不是吗？”

小静瞪大了眼睛，一动不动地听着。

“所以，我们不能用一些固有的思维去想问题，一定要学会更新意识！尤其现在，我们面对的又是不同的种族，更要学会客观地看问题。”

小静眨了眨眼睛，好奇地问我：“怎样才能更新意识呢？”

“这是一个极其缓慢的过程，不是三言两语能说清楚的。”我停顿了一会儿，想象着用什么方式才能更好地帮助小静。于是，我讲了一个自己的故事，希望小静能从中受到一些启发。

那是某一年的圣诞前夕，我去一位朋友家提前交换孩子们的圣诞礼物。回来的途中，恰好路过一个购物中心，我看时间还早，就打算进去买点东西。

每年的这个时候，购物中心的人总是很多，拥挤的程度就像球赛刚散场似的。开到停车场，我才发现车位早已占满，又转了两圈仍未发现空位，我只好将车停在了车道靠边一点的位置耐心等待，也不妨碍别的车辆通过。

过了一会儿，另一辆车从对面驶向这个车道，并停在离我大约十几米远的地方，也在等位。

很快，几个人从购物中心走了出来。其中一人朝着我们所在的车道走来并上了一辆车，发动后准备离开。

我毫不犹豫地打了转向灯，几乎同时，那辆车也打了转向灯。这个倒出来的车位又恰巧在我和那辆车的中间。

在澳大利亚有一种很默契的规矩：谁先打灯，车位就归谁；若同时打灯，早来的或者靠谁近，就归谁。

毫无疑问，这个车位应该归我。

于是我立刻提速准备开进去，与此同时那辆车也加速准备进

人。我先到一步,在进位之前,我摇下窗玻璃告诉那辆车主,这个车位应该归我并表示歉意。我这才看清对方是个很胖的中年妇女,随后就见她指指点点且大声嘟囔着(也说不定是谩骂着)。望着那辆疾驰而去的车,我气得要命!

回家后余气犹在的我,把停车场的事又添油加醋地描述了一番,并抱怨那个区的人素质太差,还一口咬定:“那个女人肯定是个种族歧视者。”

老公笑着摇了摇头,显然不喜欢我的定论,还说我又钻进了死胡同。老公用了一个不太恰当的比喻,说我如同一个味觉功能有问题的人,经常把酸说成辣,还故意调侃我是不是患过重感冒。

我有些不服气,让他拿出具有说服力的证据以证明我在主观臆断。

老公想了想说道:“既然你摇下玻璃才看清对方,说明在此之前你们并不知道彼此的长相,也不知道对方的人种。”

我表示同意地点了点头。

“换言之,假如当时开车的不是你,而是一个澳大利亚人,对方仍会采用同样的行动。这说明,她就是那种不讲理的人,对谁都一样。”

我暗自叹服老公思考问题的客观,他竟然说服了我。

老公看了看我,微笑着继续说道:“不要一有冲突就扯上种族歧视。更不应该一个人有错,就扯上整个小区,这不也是一种地域歧视吗?难道高尚区就都是好人,贫困区就都是坏人?要学会就事论事,就人论人!”

……

小静认真地听着,一双真诚、美丽的双眼流露出若有所思的灵动。

看着这个可爱、天真的小姑娘，一种似曾相识的感觉悠然而至，如同面对着曾经的自己。于是，我像是自言自语，又像是循循善诱地说道："其实大部分西方人还是很有教养、很友好的。他们不会把你看成是哪个民族的代表，然后全面肯定或者否定。他们只把你当成一个独立的个体，你就是你！所以，我们也要避免用惯性的思维去'找茬'，甚至给别人'定罪'，这是很不明智的。"

不知道我的故事是否起到了帮助小静的作用，但我有一种感觉：每一次再见到小静，她都更加鲜亮而阳光。

小静是个要强、聪慧、机敏的孩子。相信不久的将来，她定会用自己的不凡向人们印证一个来自泱泱大国的公民所具备的素养。

我对小静充满信心！

“宠物”

一次，和国内朋友聊天，不知怎么就谈到了流浪狗。朋友说：那不过是宠物而已，朋友使用了“Pet”这个单词。

应该说，Pet 意即“宠物”，这一点没错，但并不十分贴切。因为，Pet 还有宠儿、宝贝、爱子等等含义。

在西方，人们对 Pet 的态度，实际上反映了对生命尊重和平等的观念。以前，曾在电视里看到过故意踩死小猫、压死小兔等残忍的画面，这在西方人的意识里是不可思议的。Pet 绝非是供主人开心或者为主人服务的“宠物”，而是作为家庭中的一员，应该受到关爱、尊重和照顾。

在澳大利亚，“宠物”都有自己的户口，而且要定期去医院打预防针。这里除了“宠物”医院，还有“宠物”旅馆，供人们度假时无法托管的宠物安居（费用一晚 20 澳元左右）。甚至“宠物”死后，主人还会给它安葬。

我有一位女朋友，胆子非常小，什么小动物都害怕。但“不幸”的是，她的澳大利亚男友家养了两只猫，而且还是黑颜色的，看上去特别可怕。所以，每次去男友家，她总让男友把猫先赶到别处。

长此以往，她的男友开始有些不满了。

男友说，不希望家里的猫因为女友的到来而被迫离开（因为有时两只猫正在放衣服的抽屉里睡大觉），这样对它们不公平。

女友一听就来了气，质问其男友，难道自己的重要性还比不上他家的两只猫吗？

她的男友简直真诚得有些傻气，竟然说了一句：你们同样重要。

一气之下，女友提出分手甚至气愤地说道：有我没它们，有它们没我！

……

但是后来，她的态度有所改变，是被男友的真情慢慢打动了。男友告诉她，这两只猫都是无家可归的流浪猫，看到它们可怜的样子，于是把它们抱回了家，并给予了无微不至的照顾。被男友的善良和一颗爱心所感动，她终于答应，会试着把猫当成自己的家人，慢慢接近它们。

在澳大利亚，人们对动物的爱护实际上也是一种对生活的态度，生活嘛，就应该充满爱。

记得好多年以前，一个朋友打电话给我，说起了她家的那只叫Jackson的猫。朋友告诉我，Jackson因为患了糖尿病，已经安排下个月的手术了。可是朋友有些担心Jackson的年龄太大，怕有意外发生（当时Jackson已经11岁，相当于人类的八九十岁吧）。

我不停地安慰，直到她不再担忧了。随后，我们又讲到了手术后应该注意的一些细节和事情，当谈到手术费用的时候，她告诉我，所有的费用加在一起要5200澳元（3万多人民币）。花如此多的钱，仅为了一个八九十岁的动物的生命？我简直怀疑自己的听力！因为当时的她还有10多万的房屋贷款呢……

善待动物，就像善待家人一样，老外们的行为真的令我感动。

我的老公也是如此，对“宠物”的重视程度，以及那份责任心，有时我都觉得不可思议！

记得那时为了方便和老公彼此照顾，我们决定搬到一起住。可是有一件事叫我很“头痛”，那就是老公有一只叫“Archer”的小狗，虽然长得可爱，但我却不愿亲近它，因为我特别害怕狗。

搬过去之后，我立即颁布一条“法令”，只要我在家，Archer 就必须呆在后花园里，而且也不能再进房间睡觉了。尽管我偶尔也隔着窗玻璃逗逗 Archer，但这种隔靴搔痒的做法根本无法让 Archer 高兴起来，它眼中流露出的孤独与寂寞与日俱增。

Archer 最开心的时刻就是看到老公下班，它会不停地摇动尾巴，等待老公的爱抚并带它出去散步。如果老公太忙回家很晚，可怜的 Archer 就只能孤独地呆在后花园里。

老公很心痛也很难过。我常常看见他抚摸 Archer 时流露出的怜惜和无奈。一段时间后，老公说，不能让 Archer 再这样生活下去了，它需要被关怀、疼爱和陪伴，可惜我们给不了它。

于是，老公便在报纸上登了一则这样的广告：

“由于种种原因，我们无法给 Archer 更多的关爱，所以我们想为 Archer 找一个更好的家：一个能让 Archer 生活得更加快乐的环境，一个有更多时间和爱心陪伴它的主人。”

……

在众多领养者中，老公精心挑选了一对很有爱心的夫妇，他们的两个孩子也很喜欢 Archer，原有的一只小狗和 Archer 也很合得来。老公总算放心了！于是，找出了 Archer 的户口证明以及所有的日常用品，一起转送给了新主人。

在新主人一家带着 Archer 准备开车离去时，我看到了老公眼里莹动的泪光。我有些内疚地走到老公身边，轻轻地握住他的手，想给他一点安慰。

老公露出一丝微笑，声音喑哑地说道，也许这是最好的选择了，应该为 Archer 感到高兴。Archer 从此会生活得更加快乐，这不正是我们所希望的吗？我忽然想到“放手也是一种爱”这句话。

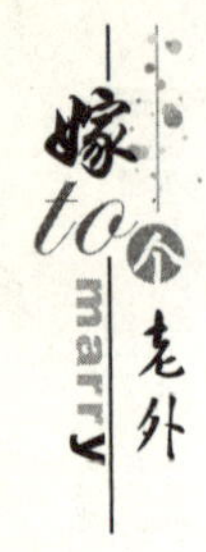

现在,每当散步时,看到狗和主人相互追逐亲昵,我总会放慢脚步,远远地观望着它们,那种亲情、那份快乐感染着我。尤其是每次看到一种叫"dalmation"的狗时,我都会情不自禁地想起 Archer 来,对不起,请原谅我!不过,我从心里祝你永远幸福快乐。

生命是平等的。Pet 既然走进了我们的家庭,作为人类家庭中的一员,理应得到家庭的温暖与关爱。我们在享受它们带来欢乐的同时,难道不应该给它们亲人般的爱和责任吗!

其实,无论是"宠物"还是自然界中的其他动物,我们都应该善待它们。善待动物归根到底也是提倡人们的仁爱之心,一个对动物有爱心的人也一定是对社会、家人具有责任感的人。

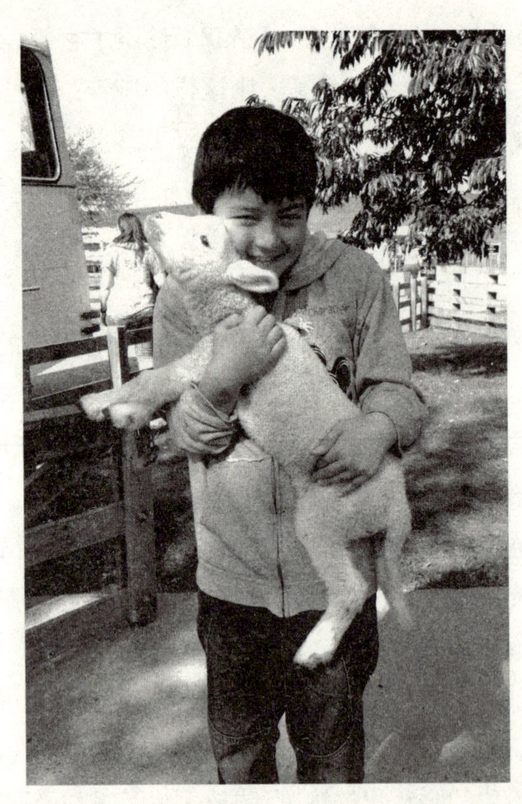

那一瞬间，我泪流满面

老公有一个从小一起长大，叫 David 的朋友。小时候，老公和 David 曾经住在同一条街道并在同一所小学读书。

David 不仅长得高大英俊而且幽默善谈。品学兼优的他，大学毕业后被一家跨国企业聘用，并担任高级工程师，直到后来移居去了悉尼。

我第一次见到 David 是在他的婚礼上。那是一个在公园花丛中举行的特殊婚礼。他和新婚妻子在牧师的见证下承诺守候一生时的幸福情景我至今未忘。

整个婚礼，他们的视线几乎没有离开过彼此，David 宣读爱情誓言时，讲到中途竟然动情地哽咽了片刻，当他们含着热泪忘情地相拥在一起，深吻对方的时候，连路人都被感动了。大家纷纷停下，为这对新人鼓掌、祝福。

记得婚礼结束后，我对老公说，这是我参加的最感人的一次婚礼，他们彼此如此深爱真是让人羡慕！老公点头并补充道，David 为了妻子辞去工作，搬至悉尼，一切都要重新开始，足见 David 对妻子的一往情深。

后来 David 和妻子来墨尔本度假，我们又见过一面。

David 的妻子话不多,总是顺柔、甜蜜地像个瓷娃娃般依偎在David 身边,David 也总是爱恋、呵护着这位可人的菲律宾娇妻。

记得有一次我们一起吃饭,David 的妻子要的是咖喱虾仁,因为是串在竹签上,吃起来有些麻烦,David 便帮着妻子把虾仁一个个从竹签上摘下。

看的我徒生妒意并开玩笑说,我这辈子是没指望了,永远也得不到这样的待遇……

老公和 David 虽然是朋友,但并不像我们想象中的那样经常在一起,他们只是偶尔(每年一两次)打电话互相问候一下;有时老公去悉尼出差,两人便约好在酒吧喝一杯(且各自埋单);圣诞节会彼此邮寄贺卡,就是这样一种很君子、很简单的友情。

2003 年的某一天,下班回来的老公脸色很难看。他告诉我一个震惊的消息:

David 上个月突然中风了。在医院治疗了很久,现在病情总算稳定并已回家休养。不过他的情绪很差,因为他的娇妻厌倦了照顾他,他自己又行动困难,无法按医生的要求做康复训练,这种状况对他的恢复很不利。

过了一段时间,老公又告诉了一个更不幸的消息:

David 的妻子彻底不想再照顾他了,不仅无情地把 David 送到了养老院,还带着 David 曾经就职的公司发给 David 的 25 万澳元补偿金,领着 7 岁的女儿跑到墨尔本来了。

我瞠目结舌,难以置信!

又过了几个月(这时 David 已经可以借助拐杖极为缓慢地走路了),老公告诉我,David 也要来墨尔本。他非常想念女儿,只有来墨尔本,才能见到女儿……

最麻烦的是寻找住处。David 不喜欢住养老院，想自己租住公寓。他还年轻，不希望像被老人一样对待，他想要自由的生活。

咳！生病的人就别这么多要求了(我的惯性思维)。可西方人却不这么想，他们认为，任何人都有选择生活方式的权利，不管你是健康的，还是不健康的，都应该受到尊重和公平对待。

鉴于 David 特殊的身体状况，想找一处合适的公寓谈何容易。公寓必须是一楼，而且要有适合残疾人的一些辅助配件；价格又不能太贵，否则政府的资助难以应付其开支；还不能离购物中心太远，以方便商店送货上门，所以真不是一件轻松的事情。

那时正值 6 月，澳洲的财政年度末，也是所有企业一年中最忙的季节。工作已让老公应接不暇，再加上这份额外的“麻烦”，老公不得不把所有能利用的时间都用在了为 David 找房子上，不停地穿梭于各个房地产公司。和购物同样的道理，既想便宜又要称心如意，唯一的办法就是多跑几家。

有时老公实在赶不回来，就只能让我替他赴约。还有另外一个和老公一起长大的同学，也跟着一起忙碌着。

八月的一个晴朗周日，老公和同学一起去机场顺利地接到了 David。提取家具后，直接去了为 David 租赁的公寓，并帮助他布置好了新家。

一切都井然有序，终于安顿妥当了。David 也很满意。

老公给家里打电话说，晚上想让 David 到我们家吃饭，顺便从家里拿些简单的日用品让他先用着。

我说，没问题。

大约一个小时左右，我正在厨房洗水果，传来了汽车驶入大门的声音。知道是老公和 David 到了，我迅速擦干手，快步走向门口，打开了房门。

David 拄着拐杖一瘸一拐地慢慢朝我走来。那张曾经英俊的

脸,被几乎可以称作狰狞的病态表情替代了。他抬头看了我一眼,因为说话困难,便举起拐杖冲我指点了一下,算是和我打了招呼。

尽管做好了充分的思想准备,眼前的一切还是让我难以接受。我无法将那个曾经的 David 和眼前之人合而为一,一种深深的悲哀强烈地撞击着我。

不能让他看出我的伤感,那样会加剧他的痛苦。我快速提醒着自己,强压着涌动的悲绪,马上装出一副轻松的样子欢迎着他的到来……

坐定后,喝过一杯咖啡,闲聊了几句,我马上到厨房准备晚餐去了。

不一会,老公快步走进厨房对我说:“麻烦你找一条浴巾,David 想在我们家洗个澡。”

我放下手中的食物,马上找了一条浴巾,回到厨房递给老公时,不无担忧地说道:“David 这样怎么能行啊!他又不想住老人院,以后谁来照顾他呢?”

老公说:“他基本可以自理,而且还有社区的援助,应该没有什么问题。只是个别方面可能需要帮忙,比如洗澡。”

说罢,他疾步走了出去。

难道老公要帮他洗澡吗?那以后呢,每次洗澡都要老公帮忙吗?虽然老公是个非常有爱心的人,也曾经帮助过身边许多需要帮助与关爱的人,但他毕竟是个有身份、有地位的人啊!再说,帮别人洗澡之事,也不是一次性的,而是一种长期的行为,仅有爱心是不够的,更需要的是责任和耐心。

那天,老公看上去异常“慈祥”。他帮着 David 洗了澡,擦干了身子,穿好了衣服,甚至帮他吹干了头发,完全就像照顾自己的亲人一样。我甚至惊诧他还有这样的本领!因为在我甚为不适的时

候，也没见他照顾得如此无微不至。

我们一起吃过晚饭后，我为 David 和老公各泡了一杯咖啡，便去了二楼的储物间找 David 想要的东西。

当我抱着找到的一堆物品快速步下楼梯的时候，一个令我感动不已的定格画面猛然侵入了我的视线。

如果说，老公之前所做的一切让我看到了人性的美好而无限感动的话，那么这一秒带给我的则是荡漪灵魂深处的最柔情颤栗！

这是一副怎样的画面啊！

David 坐在沙发上，那只不灵动的腿半曲着伸向前方。老公双腿跪着，双肘拄地，半匍匐着趴在地上，他的脸几乎碰到了 David 的脚。他正在聚精会神地给 David 剪脚趾甲……

那一瞬间，我流泪满面！

爱情观"新解"

Brown 和 Lucy 曾经是我们的邻居。

记得我们刚搬过来的第二天，我正对着满屋堆放的纸箱犯愁，想象着要花多少时间才能将所有物品整理归位时，突然听到几声很柔和的敲门声。

推门一看，一位慈眉善目的老人站在门外，手里还拿着一束鲜花和一张卡片。他冲我友好地微笑并说道："欢迎你们搬到这里。"

我有些不知所措，虽然知道肯定是邻居，但还是没好意思问，只好不停地说谢谢。

老人主动介绍说，他叫 Brown，是我们右边的隔壁邻居。

Brown 是我认识的第一位邻居。后来得知，Brown 退休之前曾是一位非常有名的外科医生，就职于著名的墨尔本皇家医院。我曾经在电视上看过一次对他的报道，是关于成功分解一对连体婴儿的纪实。

老公带着崇敬的口吻大加赞赏道："Brown 真是一位医德甚佳，医术超群的好医生。"

Brown 的太太 Lucy 给我的印象则是贤淑优雅尊贵的长者。她说话细声慢语，语气好像总在和你商量。Lucy 是位全职太太，几十年一直默默支持丈夫的事业并养育了两个优秀的儿子。

他们的两个儿子早已结婚成家，还有三个孙儿缠绕膝下。

在我的感知中，毫无疑问，这是一个幸福、美满之家。可能是

年龄差距的缘故，我和他们的交往更趋于客气，每次碰面也只是礼貌地打声招呼，没有什么更多的联系。

一天早上，我出门买东西，突然发现 Brown 家的前院竖着一个很大的牌子。这通常是地产公司拍卖房子时做广告用的，上面有房子的照片和简单介绍，以及拍卖时间和参观时间等等。

近前一看，果然是卖房子的广告。我很诧异，也有一些失落，毕竟做了这么长时间的邻居，突然要搬走还真有点舍不得。同时也觉得太突然，他们怎么连声招呼都不打就要搬走呢？

晚上老公回家，我迫不及待地和他说起了这件事，并探寻地问："Brown 和 Lucy 为什么要搬家？"

老公笑着说："你天天在家，难道没发现，已经很久没看到 Lucy 了？"

经他这一说，我才猛然意识到，确实有段时间没看见 Lucy 了。赶紧追问原因。

老公的回答实在太意外："Brown 和 Lucy 已经分居，可能马上就要离婚了。"

"啊！怎么会这样?!"我终于明白了他们为什么要卖房子。

一个在我看来幸福美满的家庭就要破散，真替他们惋惜！我想，到了他们这个年纪，如果不是万不得已的理由，是不会离婚的。他们的婚姻肯定遇到了巨大的危机。

"是不是 Brown 有外遇了？"移情别恋是婚姻最大的威胁，这是我首先想到的。于是我忧伤地问老公。

"Brown 告诉我，他们只是兴趣不合。"老公神色自若，平静地说道。

我以为老公在开玩笑，没想到老公认真地点点头："是的，仅此而已。"

我迷惑不解。把兴趣不合作为离婚理由，太可笑了，明显的借口！我有些上火了，为 Lucy 愤愤不平！

“什么兴趣不合，过了大半辈子才突然想起兴趣不合？过去怎么没觉得？”我立场坚定地站在 Lucy 一边，不同意 Brown 的说法。

见我情绪有些激动，老公便把从 Brown 那里听到的原因，又向我做了转述。

Brown 说，过去因为工作繁忙，两人在一起的时间并不多。现在退休了，孩子也都长大了，应该是老两口一起出去度假、旅行、享受晚年的时光。可是，他们却出现了难以调和的矛盾。

Brown 很喜欢去尼泊尔，尤其热爱那里的雪山，可 Lucy 不想去条件太差的地方，她更喜欢去欧洲。两人总是达不成一致，并经常为此争执。

老公还说，过去的几年里，他们总是分别去各自喜欢的地方，行动总是不同步，可能也影响感情吧。

我还是有些不解和难过，黯然神伤。老公起身为我泡了一杯红茶，并加了双倍的蜂蜜，笑嘻嘻地说："很正常的一件事，怎么让你这么不开心？"他希望我高兴起来。

我接过杯子，叹了口气，无奈地抱怨着："为什么就不能彼此迁就一下呢？都快七十岁的人了，怎么还不能凑合。"

老公闻言，一改之前的亲切与慈祥，马上流露出不敢苟同的表情。

他放下正在喝茶的杯子，拖了一下椅子，让自己坐得更加庄重。然后字正腔圆、声音洪亮地阐述了一番全新的爱情观点。

他说："正因为属于自己的日子不多了，所以更不能委屈自己！如果在一起不幸福，干吗要凑合？我认为越老越应该离婚，因为剩余的时间有限，更应该按照自己的愿望去生活！"老公继续强调着。

我陷入了沉思，脑海中立刻浮现出那些离异夫妻痛苦绝望的样子，甚至相互仇恨的愤怒表情。

"当然离婚并不意味着反目成仇，仍然可以是很好的朋友。"老公又补充了一句。

……

他的一番"慷慨陈词"让我突然想起了一位客户曾经讲过的另一个故事和他的爱情高论。

有一次，我陪他去中国下订单，十几个小时的飞行时间总得聊点什么打发一下时间吧。很自然地就讲到了平日不曾触及的一些话题。

客户告诉我，他一共结过两次婚。第一任妻子和他共同生活了三十多年，并且养育了六个子女，他们一直过得平平淡淡直到遇见第二任妻子，他的生活被彻底改变了。

他的第二任妻子和他的前妻曾在同一家医院的同一间病房待产。随着两个孩子的相继诞生，两位母亲也成了亲密的好友，再后

来两家也成了无间的家庭朋友,他们经常相约一起外出、吃饭或者旅行。

在来往的过程中,他发现自己和第二任妻子总有很多共同的话语,而且观点也总是接近,有种沁入心灵的共鸣。每一次相聚,他们总是带着意犹未尽的遗憾不得不离开。

更有趣的是,有一次两家约好一起出门旅行,他和第二任妻子带的竟然是同一本最新出版的畅销书(西方人旅行时,一般都会带上一两本书)。

就这样,他们无数次的“不谋而俱起,不约而同会”,使他们在思想感情上越来越近,俨然血脉相连、息息相通。

随着交往的不断加深,他们双方都有了一种眷恋对方的感觉,有了那种超乎友谊的情愫。慢慢地,他们彼此都发现爱上了对方。

他们在心理上也经历过痛苦、自责,但一番挣扎的抗拒,不仅没有拉远两颗心的距离,反而让厮守余生的愿望变得更加清晰。经过一番认真的思量,最后他们决定各自回去离婚。因为,他们不想错过彼此……

听完这个故事,我的心情非常沉重。甚至对他生出不小的反感,尤其是听说在他提出离婚的时候,他的前妻正巧得了一种罕见的重症,更是替他的前妻抱不平。

可是在西方,人们无权论断别人的婚姻曲直,连家人都不例外,更何况我们只是商务交往中的普通朋友,所以我只感慨地说了一句:

“你的前妻真可怜!光带大六个孩子就很不容易,还要支持你的事业,操劳持家,但结局却并不尽如人意。”

反应灵敏的他可能听出了我语气中的不满,极力想解释清楚以解开我的误会。他首先告诉我,他和前妻虽然离了婚,但一直是朋友,他还告诉我,在他的前妻生病期间,他和第二任妻子一直照顾前妻直至他的前妻身体痊愈。

接着他像个做报告的领导一样，开始了一次逻辑严密、语句精简的总结性发言，给了这组难解的方程式一个全新的答案。

他是这样说的："如果我们 4 个人这样一直生活下去的话，4 个人没有一个是幸福的。离婚再婚，至少我们 4 个人当中有 2 个已经是幸福的了；另外 2 个，在以后的生活中也有机会再找到属于他们的幸福。所以重新组合，4 个人都有可能再获得幸福，因此这是最好的解决方式。"

我瞪大了眼睛，惊讶的同时马上追问道，他的孩子们在这件事情上持什么态度。他说，他的 6 个子女以及第二任妻子的 4 个子女都很理解并尊重他们的选择，而且 10 个子女之间也都相处得非常友好……

我久久地琢磨着他的爱情方程式，或许，自有他的道理吧。

原来可以这样"对骂"

曾经答应过儿子:等他八岁,就带他去迪斯尼乐园。因为之前年龄太小,身体达不到一定的高度,大部分游戏项目是不能玩的。

八岁生日一过,儿子便不断地提醒我们应该兑现承诺,安排迪斯尼乐园的旅行了。全家人一番商量,决定利用圣诞假期的时间去美国加州的迪斯尼乐园。

难怪孩子们对迪斯尼乐园如此向往,它带给人们的快乐确实是妙不可言。过去,总觉得这种地方是孩子的天地,其实成年人得到的愉悦同样妙不可言。

老公说,这个迪斯尼乐园是世界上最早建成的,也是最大、游玩项目最多的一个,什么高空飞翔、魔鬼座驾、印度琼斯真是五花八门,数不胜数。每天还没开门,我们就等在门口,一直玩到关门之前,即使这样,若想玩遍所有项目也要好几天。

不言而喻,这里的人也是最多的。我们去的那几天又是假期,更是人山人海、摩肩接踵。有些项目要排几十分钟的队才能轮到。

除了花样各异的游玩项目,乐园的设施也很完善齐全。公共场合必备的餐厅、礼品店、儿童游乐区等等服务设施随处可见、应有尽有,既舒适又方便。

有些特殊的游乐项目还配备雨衣、草帽等便利工具。

乐园里还有很多特殊的拍照服务,不仅可以与迪斯尼象征的特别景致以及卡通人物合影，还可以和“大明星”、古董车等等拍照留念。

最让我称奇的则是隐蔽相机的安置，非常智慧且人性化。就是在一些高难度的游戏里，隐蔽的相机可以抓拍下所有人最后冲刺的瞬间表情。游玩的人出来后，可以通过大屏幕看到自己被拍下的照片，如果喜欢就可以花钱买下。

记得有一次，我被儿子的花言巧语所“骗”，玩了一次“溅水山车”的游戏。这个游戏从远处看非常平稳，老公说就像坐公共汽车一样。再看看队伍里还有六七十岁的老人家，加之排了半个小时的队，心里也有些不甘，于是一咬牙就跟着坐上了。

一路还算赏心悦目，可临近冲刺时，完全不像他们说的那样，不仅没有轻松惬意之感，反而觉得像在万丈悬崖的顶端被垂直扔下一样恐惧，我吓得尖叫不止。事后儿子对我说了一句话，让我非常难堪。

他说：“妈妈，你吆喝的声音太可怕了。下来后，人家都看你。”

当我在大屏幕上看到自己被拍下的惨相时，非常兴奋！并且无限感激这架隐蔽相机。像我这种胆小之人，偶尔勇敢一回，如果不是这种相机，还真无法留下那“光荣”的瞬间，所以尽管照片有些惨不忍睹，我仍然毫不犹豫地把它买下了。

不过，大部分游戏我还是不敢玩。每次看到老公和儿子上去后，我就等在服务台前，游戏一结束，立刻观望大屏幕，看照片如何以决定是否买下。

有一次，他们去玩一个惊险游戏，我照例等在服务台前。

游戏结束后，看到儿子在荧屏上怡然自得的可爱样子，我决定买下照片。

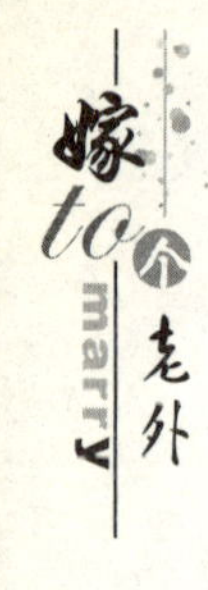

买完后，儿子和老公还没出来。恰巧那天只有我一个客人，服务台很安静，柜台里一个胖胖的美国老太太便和我聊了起来。

她戴着大大的老花镜，看上去亲切而慈祥。当得知我们是从南半球来的时候，她的表情立刻变得很夸张，那双用力瞪着的如海水般湛蓝的眼睛，好像要爆发海啸似的，嘴巴也张到了极致，甚至露出了后面的假齿。其难以置信的程度，就像发现对面的我是从火星上来的一样！

老太太的样子异常可爱，我忍不住笑了起来。

随后，她又恢复了常态。笑容可掬地告诉我，她姐姐的蜜月旅行就是去的澳大利亚，还说澳大利亚非常美丽。

我不停地点头并友好地建议她，有机会也去澳大利亚看看。

我正要转身看看儿子和老公出来没有。突然，听见美国老太太又说了一句话："We hate you."（我们恨你们。）

这句话太出乎我的意料了，让我大吃一惊！就像美国老太太从身后猛然给了我一拳似的。我愣住了，呆呆地看了她几秒，不知如何回答。心想，这个人简直就是个大变脸谱的演员！

正在窘困、难堪之时，突然听见走过来的老公替我"回击"了一句："We hate you too"（我们也恨你们）。

眼前的情形把我的大脑搅得一塌糊涂，甚至担心他们会不会吵起来。我迅速看了一眼表情平静的老公，又看了一眼泰然处之的美国老太太，我像个弱智儿一样困惑地问自己：他们到底是不是在互相对骂呢？

就在我云里雾里之时，突然听见美国老太太带着感叹的语气接着说道："经济危机，你们怎么能够处理得那么好？看看美国，真是让人担忧！"

……

听着他们风趣的对话，我不禁感慨万千！既感慨文化的差异与隔阂，也叹服西方人的淡然与幽默。

这次若不是老公及时赶到，肯定又是一场误会。我不禁想起了第一次被老公调侃时的情景：

当时，我们正在讨论一个问题。我因为无法说服他，所以有点无理取闹，并逼其认输。老公装出很气恼的样子，说了一句："你这个可恶的中国人。"

面对差点暴跳如雷的我，老公则是一脸的无辜和不解。事后，委屈的老公问我，他到底说错了什么。

尽管我很快意识到并不是他的错而是自己的敏感，但还是给自己找了下台的借口——给他扣了一个"侮辱中国人"的帽子。

老公解释说，这个中国人仅指的是我，并理直气壮地说："不叫你中国人，那叫你什么人？难道叫你英国人吗？"

没错，就像别人叫我山东人一样啊！只是内涵扩大了，由国内变成了国际，由城市变成了国家，他这样叫我确实没错，是自己强行扩大了外延，甚至延伸到了种族间的互相对立和歧视，确实是没事找事。

看来，我"上纲上线"的本领同样不可低估！

后来我渐渐发现：在国外，即使总理、总统都常常会被调侃。在我们眼里神圣威严的边防站、警察署工作人员，也会经常说出一些幽默的话语。

幽默，俨然一种文化的注解和风度的说明。一个不会调侃、不懂幽默的人就如同烹饪时没放食盐一样，无味又无趣，甚至被认为个性缺失。

几天前，电视报道了英国首相去美国访问时的几条新闻，其中一条是英国首相在白宫前的电视讲话，有一句他是这样说的：

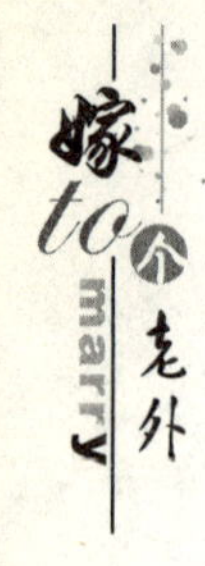

“我真不明白，一百多年前，我的祖先怎么会在这么美丽的地方做那么可怕的坏事呢？……”

我的一位闺中密友也嫁了个老外，也有很多和我类似的经历。有一次，我们两家一起吃饭。两位男士的谈话中有这么一段：

“最好别惹她们，中国人好像很容易生气哦。”

“他们为什么不喜欢开玩笑，总喜欢严肃呢？”

“缺少幽默感呗。”

……

尽管他们只是想调侃一下，但我和好友还是对其言论进行了毫不留情的“批判”。

记得，有位朋友曾经说过这样一句话：多疑、敏感、易怒，其实皆源于不自信。

我不知道这句话是否正确，因为太难定义和判断，更难追本溯源。我想说的是——文化的共融绝非易如拾芥。

旅行篇1:泰坦尼克号

2006年的金秋,我们去加拿大旅行了两个月,这是到目前为止,我生命中最长的一次旅行。每天起居于不同的酒店,穿梭在不同的人群、奇山异水之中,感念着从未有过的开阔、惊叹和震撼,那是一段玄妙、奇美的时光。

准备旅行期间,我买了三本介绍加拿大的书,其中两本的封面是Rocky Mountains山系的景色。于是,那里便成了我们的第一梦寻地。

从西部的温哥华出发,我们直奔Rocky Mountains山系。

Rocky Mountains山系是加拿大最著名的景区之一。它位于西部,这里串起了不胜枚举的,让加拿大人自豪也是加拿大最具独特气质的天然风光。

它气势磅礴,浩瀚辽阔。起伏连绵的银色雪山,色彩交替变幻的湖泊浅湾,花丛中喷涌流溢的瀑布溪流,在红叶的点缀下如诗如画般美丽绝伦。还有雪山环绕中的温泉,更是让人流连忘返、心旷神怡。

这个巨大的山系估计等同于中国几个省的占地。我们在那里呆了将近四周,开车跑了五千多公里,著名的Jasper、Banff、Lake Louise景区一一尽收眼底。

特别难忘的是在Jasper附近,我们第一次爬了近两个小时的

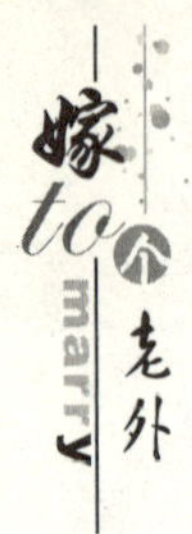

雪山。在到达山顶时,竟然看到了最具加拿大特色的棕熊。

我们还去了西海岸几个代表性的大城市。我们也履行了临走时对儿子的承诺,转路去了全球最大的恐龙发源地之一,有着上亿年物种起源之说的 Drum Heller。

最后我们又回到温哥华,从温哥华飞越了六千多公里,几乎横跨了整个加拿大国土,经过五个多小时的飞行后,终于到达了最东部的半岛 Nova Scotia 省的最大城市——Halifax。

我们将从这里开始东部地区的旅行。

Halifax 是一个很小,但却很有名的城市。

当年打捞泰坦尼克号游轮时,所有打捞上的物品都被运到了这个城市,因为它离打捞现场最近。

后来加拿大人进行强烈的抗议和游行,要求政府停止打捞,让海底的死者安宁。政府只好停止,并把打捞上的有限遗物永远地留在了这个城市的博物馆。所以,Halifax 博物馆里的泰坦尼克号展馆也就成了这个城市最大的景点,Halifax 也因此名扬海外。

还记得曾经读过的一本关于冰海沉船的纪实书里对泰坦尼克

号的描述，它带给我的震撼可谓异常强烈。后来为了能看到好莱坞拍摄的同名电影的首场，我排队等了一个多小时。

这个有史以来最大的冰海沉船强烈地吸引着我，飞机还没降落，我就难掩兴奋，不停地和儿子说好话，求儿子同意，下飞机后直接去博物馆。

到达 Halifax 之后，从机场拿到租车钥匙，我就催促老公立刻往博物馆开去。当时的我只有一个念头——早一分钟看到这个被制造商誉为“永远不会沉没，就是上帝也拿它没办法”的惊世之作。

我按捺不住心中的渴望，有些急不可待了！

不知什么原因，博物馆的人寥寥无几，就像商店关门之前般萧条、冷清，但是泰坦尼克号展厅却人头涌动，好像博物馆所有的人都汇集到了这里似的。

泰坦尼克号展厅不大，比我想象的宏伟程度要小，这让我微感遗憾，可能是打捞上的物品有限的原因吧。大厅里始终低旋着《泰坦尼克号》电影的主旋律。

展厅分为两部分。

一部分是介绍当年泰坦尼克号的遗物，附带小部分船的碎片、铁链；另一部分是介绍当年打捞过程，以及打捞时用的辅助工具，还有打捞人员穿的沉重制服。

所有打捞上的遗物都被完好地封存在橱窗里，肃穆而安静，正在默默地向人们诉说着那场曾经的劫难。

在这些遗物中，最吸引我的是一只原木躺椅和一张三等舱的菜谱。

尤其是那张躺椅，无论是样式、功能还是制作过程都让人赞不绝口。精细的程度让你无法相信它是近百年前的工艺，即使与今天的产品相比都毫不逊色。难怪泰坦尼克号的制造商曾经那么不

可一世地狂言，连万能的神都不放在眼里。

站在橱窗前，我不胜感慨！

在介绍打捞过程时，有一个让人难以置信的数字。我被它彻底震惊了！

为了抵御海水的浮力，把打捞人员送到几公里之下的海底，专家们在精确计算了所有数据之后，制作出的打捞潜水艇的外壳玻璃是7feet(约2.1米)之厚。

真是不可思议！

离开博物馆时，我在馆里的商店买了很多纪念品，为了弥补对儿子的歉意，也买了他想要的一切，然后准备离开。

但不知何故，我的心情依然空旷而迷茫，如同一本在手的趣味小说，翻过最后一页却不知结局一样无法释怀。

当我走出博物馆大门，步下台阶的瞬间，我突然察觉到了自己的疑惑——还没弄清楚电影中 Rose 的命运，后来她是怎么生活的呢？

我焦急地问老公该怎么办。

老公盯着我想了一会儿，建议去博物馆旁边的泰坦尼克号墓地看一看，也许那里能找到答案。

第二天吃完早餐，按捺着激动的心情，我们开车直奔泰坦尼克号墓地。

可是到了那里，我才沮丧地发现，根本不可能找到想要的答案。

一望无际、纵横交错的墓地有成百上千个墓碑，加之同名的人又很多，即使找到名为 Jack 的，也无法确定就是他。Rose 的情况更是无法查询，这里既没有门卫，也没有管理人员，只能偶尔看到一

两个游客对着空旷如野的墓地瞻仰几秒，向谁咨询呢？

这可怎么办？我心灰意冷。

老公提议再回到旁边的博物馆，向那里的工作人员问个明白。

看来只有这最后一线希望了。我只好强打起精神，跟着老公和儿子又回到了博物馆，找到问询处后，向一位工作人员说明了我的困扰。

他笑着摇了摇头，表现出很理解的样子，然后幽默地告诉我：几乎每天都能碰到像我一样的咨询者，他实在不忍心看到我和他们一样乘兴而来、败兴而返，因为真实的泰坦尼克号乘客里只有一个叫 Jack 的人，他的年龄很大，长相也谈不上英俊，更没有什么浪漫的爱情故事，而 Rose，根本没有此人。

听到这里，我简直失望至极，并表现出了巨大的伤感和遗憾！甚至夸张地说了一句："这是我一生中听到的最绝望的消息。"

那位工作人员笑了，摊开双手，一副无能为力的样子……

那个荡气回肠、绝美无双的爱情故事不过是一次艺术的虚拟！虽然结局不尽如人意，但我仍有如释重负之感，终于可以安然离开了。

这时，老公说了一句出乎我意料的话。

他说，他早就知道这个爱情故事是虚构的，但见我如此执着，即使告知真相，我也不会罢休，加之他也想去看看那个特殊的墓地，所以就假装一无所知，成全了我的寻找行动，并且鼓励我自己找出了答案……

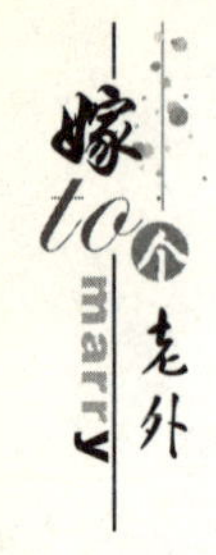

旅行篇2:守着女儿

Peggy's Cove是加拿大最东部的半岛Nova Scotia省的另一个很小但却众所周知的地方。

这里应该算是小镇或小村,因为它的人口数量只有40余人,可能比我们概念中一个村子的人数还要少。但是,这里每年接待的游客却是近百万人。

从书中的介绍我了解到,这个小镇三面环海,非常美丽和富饶,就连普通小吃店的三明治都是用龙虾做底料。

除此之外,这个小镇还充满了迷幻的神奇色彩。特别是曾经发生的那起史上最蹊跷的空难,更给小镇增添了一份不凡和迷离。

那是1998年9月2日,瑞士航空公司的一架从纽约飞往日内瓦的飞机,在起飞后不久,到达Peggy's Cove小镇上空时,突然失控,不幸坠入海中,机上两百多名乘客和工作人员全部遇难。

最迷惑不解的是,在这次空难调查中竟然没发现一具尸体。可能这就是吸引游客的原因吧。

开车去的那一天,天色异常灰暗还夹杂着丝丝小雨,给原本就沉闷的心情平添了更多的压抑。

可能是天气的原因,游人不是很多。

我们首先参观了海上灯塔。这个久负盛名的灯塔曾经是每一

个过路航行者引路的火炬，年复一年的坚持释尽了它所有的能量，现在已经风烛残年地老去，只成了小镇的一个象征。

从灯塔出来后，我们来到了小镇的海边。

这里的海边非常奇特，既没有柔软的沙滩，也没有粗糙的石粒，放眼望去，尽是巨型的深黑色岩石，给人一种很沉闷的消极感。

我站在海边的巨石上凝望，发现这里的海水波涌浪翻，异乎寻常的凶猛。巨浪呼啸着扑向岩石，却在瞬间被撞击得粉身碎骨，化作雪白的水雾溅落下来，同时发出的悲鸣惊天动地，令人毛骨悚然、不寒而栗！

儿子被我大声吆喝着往后站。想必他也感到了海水中隐藏的无限恐惧，自觉地往后退去。即使这样，还是被凶猛呼啸的海浪几次溅湿。

我不停地尖叫，跑过去紧紧抓住儿子，一刻都不敢松手。

我分明感到了亡灵们的悲戚正随着海浪的狂奔而默鸣、低吟。一种深深的惊惧和肃穆在心底油然而生，我面对大海，默默祈祷，愿亡灵们安息……

后来我跟朋友说，那里是我去过的最“恐怖”的海边。

美国、瑞士、加拿大与此次事件有关的三方，还有邀请来的其他国家的许多著名专家，曾对这起事故进行了深入的调查和研究。

其重视的程度可谓绝无仅有。他们封闭了方圆几十公里的海域，抽干海水，将海底的泥沙用过滤的形式慢慢筛出，最后找到了飞机的几乎所有碎片，然后再将碎片一一拼凑，终于恢复了飞机的原形。

在调查中，专家们最终找到了导致这次飞行事故的元凶——

一根在航天飞行中可能会失去绝缘作用的绝缘体金属丝。

这一发现也改变了世界航天制造业的历史，从此这种绝缘体金属丝再也不允许使用了。

这项调查一共用了四年半的时间，花费了四千多万美金。

听餐厅服务员讲，在这个小镇的临海拐角处，有一栋天蓝色的别致小木屋。它虽然有些陈旧，但看上去却很温暖、安详，如同一位受人尊重的长者沉稳持重地端坐在那里。它与小镇的灯塔遥相呼应，好像是灯塔的看管者，静静地注视着每一个大海里的过客。

在这个小木屋里，住着一位年已古稀的特殊老人。他唯一的女儿也是在这次飞行事故中遇难的。

当年老人听到这个不幸的噩耗，犹如晴天霹雳，巨大的悲伤将老人彻底击垮，他病倒了。躺在医院的老人手里紧握着女儿的照片，每天他总是看着相片里微笑的女儿发愣，以泪洗面、不思茶饭。

出院后，老人谢绝了所有亲朋好友的登门安抚和探望，将自己反锁在房间里整整三天。

在这生不如死的三天里，老人做出了一个今生最艰难，也是最重大的决定。然后他告别了所有亲人和朋友，变卖了全部家产，带着亡妻和女儿的遗物，一个人从美国搬到了这个小镇。

他说，他想住得离女儿近一点，想在女儿的身边守着她。

每天凌晨，当人们还在沉睡时，老人就已悄悄坐在了门外的藤椅上。他面对大海静默良久，然后开始喃喃自语，像是在对女儿诉说着什么。

桀骜不驯的海水，在那一刻会突然变得温婉、柔顺起来，像是女儿甜美的回应。

他每天都这么重复着，成了一个不变的习惯。

好心的邻居们担心老人过度悲伤而积忧成疾，纷纷劝慰老人，让他别太伤心了。

老人说，他现在已经不伤心了，因为他每天都能感受到女儿的回应，他觉得自己很幸福。他还说，他很喜欢这里，喜欢生活在女儿的身边……

听完这个凄美故事，我如鲠在喉，为他女儿的英年早逝而难过，更为深沉的父爱而深深感动！

一种不可名状的冲动让我急切地想看一眼那位老人家。于是在离开小镇的时候，老公把车开得很慢，并且停在了一个特意挑选的位置，既能看到那栋海边小木屋的全景，又不会打搅老人家的平静。我期盼着，当那位情深似海、大爱如山的好父亲步出房门时，我能够看他一眼。

我们等了很久、很久，可始终没能如愿。

在儿子的几次催促下，老公只好发动了汽车准备往回返。当我们依依不舍地经过那栋矗立在海边的小木屋时，随着车的前行，我的身体也回转到了极致。在收回视线的最后一瞬，我分明看到了那位让我仰慕和崇敬的父亲！

我惊呼着让老公停下，迅速摇下窗户，远远地望去……

那个写满无助与孤独的身躯，让我思忆起父亲逐渐变老的苍凉背影。他迟缓的脚步，如同牵着年幼女儿蹒跚学步般小心翼翼，只是此刻的他，再也没有了奔跑的气力。

暮色将至，那身影宛如一道即将淡去和枯萎的风景。泥土和雨露也无法挽留住它，它供奉了花蕾的美丽却拆卸了自己的花托与茎叶……它在慢慢地摇曳、飘摆、坠落……

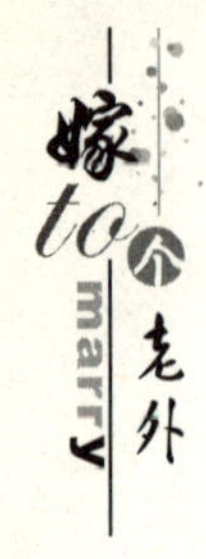

“妈妈,你在看什么?那里什么也没有啊!”

我再也控制不住汹涌而至的伤感,情不自禁地泪如雨下!

“妈妈你怎么哭了?”

儿子深情的关怀,将我从心痛的恍惚中拉回。

老公关切地握着我的手,体贴地说道:“算了,我们还是走吧。再等下去也不一定有结果,说不定老人不在家。”

是啊,就像老公说的:即使你看到了那位老人家,又能怎样呢?

……

旅行篇3:平静的珍珠港

我们刚去加拿大时,还是舒适的黄色金秋,返回的时候却已接近冬季了。可能是在外漂泊的时间太久,尤其是由南至北气候的巨变,我的情绪里又多了一份不安和思乡情愁。

尤其是在魁北克,风雪交加、天寒地冻的最后几天,实在让我难以忍受。十一月的气温就已达零下20多度,我将所有的冬装全部裹在鸭绒服里,又去商店添置了帽子和手套,还是经常冷得瑟瑟发抖。

于是,我们决定提前返回夏日将至的澳大利亚。

在计划返程时,老公提议去夏威夷小住几天,既可以看看那座独特的城市,也可以驱散一下寒气,让回家的憧憬变得更加舒然和美丽。

我和儿子兴奋得如同得了一份额外的厚礼一样,拍手叫好。

经过近8个小时的长途飞行,我们终于到达了妩媚迷人、风情万种的夏威夷。

夏威夷不愧是名闻遐迩的绝美之屿,它不仅拥有洁白如垠、一望无际的天然海滩,还有珊瑚岛特质的起伏山峦,这里既能享受到山的豪气,也能感受到水的柔情。

尤其是著名的Maui岛,去了那里,你会情不自禁地叹服上帝造世的奇妙和伟大!明白了什么是震撼,什么是不可复制!过去出

门旅行，经常发现实地比图片要逊色，而 Maui 岛是我第一次感觉实地比图片更美的地方。

夏威夷不仅拥有美丽的自然风情，还是一个购物的绝佳之处。

在这里购物可以享受诸多税款方面的便利，比美国其他任何城市都要优惠，所以世界所有顶尖品牌都在这里有专卖店。最大的一家购物中心拥有两百多个店铺，要想全部逛一遍，没有几天的时间是绝对不行的。

除此之外，夏威夷还有一个显著的特点，就是日本人特别多。

大街小巷几乎没有看不到日本人的地方，好像日本人占了大多数，其他人种则更像"少数民族"。而且，只要写着英文字的地方，必定有日文翻译，有些地方可能看不到英文，但一定有日文。那感觉就像日本"租界"，我甚至有种被日本人"占领"的错觉。

休息了一天之后，我们决定去几个重要景点看一看。珍珠港自然成了首选。从初中学习世界历史起，我就对这个曾遭日本人偷袭，并由此拉开了太平洋战争帷幕的港湾充满好奇，只是从没想过有一天能身临其境。

决定了第二天珍珠港的行程，我兴奋地去酒店前台索取资料，顺便了解去展馆的方式。

值班小姐告诉我：酒店每天都有大巴定点去那里，不过最好早点出发，否则要排队很久，因为去那里的人太多。

第二天，我们一早爬起，连自助早餐也没吃，就火速往巴士站奔去。没想到很多人早已守候在那里拍成了长队。

大巴一路顺畅，七点半就将我们送到了珍珠港。展馆还没有开门，但排队等候的人已经围着展馆的马路转了两个弯了，少说也有两百人。

很多大型巴士不断停靠在路旁，将更多游人源源不断地送到

队伍中。等候的人越来越多。

这个展馆竟有这么强大的吸引力，里面会是什么样子呢？

百无聊赖的我开始了天马行空的想象，脑海里立刻浮现出小时候参观过的各种教育展览的场面。我想，里面一定也是这样吧：慷慨激昂的解说词；美国人民摩拳擦掌、义愤填膺的图片。

终于等到了开门的时间。

工作人员检票后接着发放耳机和简介。为了方便世界各地的旅行者，耳机还配备了八种语言的同声翻译。

进门后的展馆非常开阔，它分为几个不同的区域，有的区域要乘船才能到达。所有当年被偷袭的船只，仍然停靠在原来的位置上。

因为众多被炸沉的船只至今无法打捞，船里的油性物质开始上浮至海面。也就是说，哪里的油越多，海底下的舰艇就越多，沉睡在那里的士兵就越多……

我们坐船去了一个很重要的区域。

我看到一艘被炸得极其惨烈的舰艇，它的头部和栏杆都严重断裂，外壳也千疮百孔，加之长年暴晒，油脱漆落，看上去就像一个劫后余生的重伤员。一层浓厚的油质无奈地漂浮在周围的海面上。

随后我们到了舰艇上。在舰艇的尾部设有一个大型的匾牌状纪念碑，足有几百美国士兵的名字刻在上面。

人们站在纪念碑前静静地默读着，并从耳机里倾听着对当年战争的讲解。

一路下来，听了许多对当年不同战役的解说，包括时间、地点、起因、死伤人数等等。所有讲解仅限于对当时具体情形的介绍，甚

至不知道输赢为谁，也没有任何感情色彩，更没有声讨和批判，只有感伤的音乐和人们无声的追忆与悼念。

带着百思不得其解的疑惑，我们步入了展馆的最后一站。

我的潜意识里殷切期望着，在这最后的机会能看到一些激发人们斗志，鼓舞人们信心的激情场面，诸如对侵略者的声讨。

最后的展厅确实能撩起人们的血性和激情，它喷薄出的力量同样鼓舞着人们的正义和责任感，但与我之前的想象却是南辕北辙、天差地远！

这里，没有愤怒，也没有声讨，甚至没有指责，只有撼动后的凝重和哀叹后的反省。

大厅的墙壁上张贴着各式各样的工艺和平鸽以及醒目的多彩标语，上面写的都是这样的句子：

“世界和平是我们的心愿。”

"我们是生活在同一个地球的人类。"

"让我们热爱每一个生命。"

……

一排十几部不停滚动播放的大型电视屏幕正在播放罗马教皇、美国总统、南非领袖等名人的电视讲话。这些声音不断扩散、回旋,浸漫在整个大厅:

"让战争离我们远去吧。"

"让我们记住战争带给人类的所有不幸。"

"未来的世界将永远和平。"

……

电视画面中,人们情绪激昂地高举着"我们热爱和平""永远不再要战争"等等字样的巨幅标语。

天真的孩子们仰望蓝天,和平鸽被他们幼小的双手托起、放飞。善良的人们围坐在一起,在冉冉烛光的伴随下,默默祈祷"愿世界和平","让世界充满爱"。

……

我,久久地站在那里,震撼!感动!

图书在版编目(CIP)数据

嫁个老外/孙建芳著. —北京:中国书籍出版社,2012.12

ISBN 978-7-5068-3269-4

Ⅰ.①嫁… Ⅱ.①孙… Ⅲ.①故事-作品集-中国-当代 Ⅳ.①I247.8

中国版本图书馆 CIP 数据核字(2012)第 270726 号

嫁个老外

孙建芳 著

责任编辑 游 翔 陶 凯
责任印制 孙马飞 张智勇
封面设计 徐 琳
出版发行 中国书籍出版社
地 址 北京市丰台区三路居路 97 号(邮编:100073)
电 话 (010)52257143(总编室) (010)52257153(发行部)
电子邮箱 chinabp@ vip. sina. com
经 销 全国新华书店
印 刷 青岛海蓝印刷有限责任公司
开 本 710 毫米×1000 毫米 1/16
字 数 153 千字
印 张 12.75
版 次 2013 年 5 月第 1 版 2014年3月第2次印刷
书 号 ISBN 978-7-5068-3269-4
定 价 29.80 元